시로 국어 공부

조사·어미편

문장을 탄탄하게

시로 국어 공부

조사·어미편

남영신 지음

마리북스

머리말

시가 사람들에게 주는 영향은 참 다양합니다. 어떤 이는 한 줄의 글자와 공백으로 구성되는 시구 속에서 인간 삶의 의미를 찾는데, 또 어떤 이는 그 속에서 영혼의 음악 소리를 음미합니다. 그런데 나는 어쩐 일인지 시구 속에서 아우성 같은 외침을 듣습니다. 그 외침이 때로는 피맺힌 절규로 와닿기도 하고, 때로는 지극히 간절한 탄식처럼 들리기도 합니다.

나에게 시는 아름다움보다는 외로움이나 슬픔에 더 가까웠습니다. 그래서인지 몰라도 내게 시는 한 편의 잘 짜인 각본이어야 했고, 빈틈없이 펼쳐지는 파노라마여야 했습니다. 그래서 조금이라도 흠이나 어긋남이 있다고 생각하면 괴로워하지 않고는 배기지 못한 것 같습니다. 나는 왜 그런 시 읽기에 천착했는지 모르겠습니다. 그것은 나의 성향이라고 치부하고 말 사소함에 지나지 않은 것이었습니다만, 그 사소함이 속병처럼 오래 지속되다 보니 그것이 놀랍게도 반짝이는 빛을 내뿜는 것이 보였습니다. 이 책은 그 깨달음의 결과물인 셈입니다.

이 책은 시를 읽으면서 국어 공부를 할 수 있도록 해 보자는 취지로 만들었습니다. 하나의 문법서이면서 시를 문법적으로 감상하는 길잡이 구실을 하도록 했습니다. 이 책을 읽는 분이 모두 시를 나처럼 읽는 것에 공감하지는 않을지 모르지만, 그래도 어떤 분에게는 국어를 배우고 익히는 데 시 읽기가 퍽 유용한 길이 되어 주리라고 믿습니다. 잘 짜인 각본 같은 시를 읽는 기쁨, 파노라마처럼 펼쳐진 시를 읽는 상쾌함은 일종의 발견이라고 할 만한 기쁨을 우리에게 선사합니다. 여러분도 이 책을 읽으면서 그런 발견을 할 수 있을 것입니다.

《시로 국어 공부》는 세 권으로 구성됩니다. 제1권은 문법편으로, 문법의 기본 개념을 개괄하는 내용으로 되어 있습니다. 형태소, 단어, 구, 절, 품사, 문장 성분, 문장 종류 등을 설명하고 있습니다. 제2권은 조사·어미편으로, 문법의 가장 기본인 조사와 어미의 종류, 기능 등을 설명하고 개별 조사와 어미의 사용법을 제시합니다. 제3권은 표현편으로, 유익한 단어나 시인들이 많이 사용해 주기를 바라는 단어, 국어에서 자주 사용되는 문법적 관용구, 시에 많이 쓰이는 수사법 등을 실었습니다. 모든 설명은 시를 감상하면서 문법을 익히고 활용할 수 있도록 했습니다. 시 감상과 문법 공부라는 상당히 이질적인 두 가지 일을 동시에 해 보자! 이런 발상이 참신하다는 평가로 이어지길 바라는 마음이 간절합니다.

이 책에 실린 대부분의 시는 모두 저작권자의 사용 승인을 받은 것임을 알려 드립니다. 특히 이 책의 의미를 이해하시고 흔쾌히 사용할 수 있게 은혜를 베풀어 주신 많은 분께 이 자리를 빌려 깊은 감사의 말씀을 드립니다. 몇 편의 시는 저작권자를 찾지 못해서 일단 싣고 뒤에라도 저작권자가 나타나면 합당한 논의를 진행하고자 합니다. 소중한 시를 사용할 수 있게 허락해 주신 모든 분께 거듭 감사의 말씀을 드립니다.

요즘 한국어가 세계인의 언어로 발돋움하고 있습니다. 이 책이 국내외에서 한국어를 공부하는 많은 분께 도움이 되었으면 합니다. 여러분 모두에게 행운이 함께하기를 바랍니다.

2022년 4월,
남영신

4장 보조사

9장 선어말어미의 쓰임새

〈조사 · 어미편〉 들어가기

조사와 어미는 한국어에서 매우 조심스럽게 그리고 소중하게 다루어야 할 문법 요소이다. 한국어에서 조사와 어미의 존재가 영어나 중국어 등의 다른 언어와 구별되는 중요한 특성이기 때문이다. 문법편에서 다룬 문법 요소가 대부분 조사와 어미와 관련된 것이었음을 보면 그리 생각하지 않을 수 없을 것이다.

그러나 영어나 중국어에 탐닉하는 사람들은 곧잘 한국어의 조사와 어미의 활용에 불편함을 토로하기도 한다. 특히 문인 중에는 조사를 거추장스럽고 성가시게 생각하는 사람이 있다. 영어나 한문처럼 조사가 없으면 문장이 더 깔끔해진다고 생각하기 때문이다. 그런 생각을 하게 되는 요인 중에 하나가 고유한 뜻을 갖지 못한 조사가 번잡스럽게 문장에 어른거린다고 생각하기 때문이다. 그래서 가능하면 조사를 쓰지 않으려고 노력한다.

그러나 이 책을 읽고 나면 조사를 제대로 쓰려는 노력이 얼마나 중요한지 알게 될 것이다. 조사를 생략하고 싶으면 생략할 수 있기 때문에 얼마든지 조사를 쓰지 않아도 되지만,

써야 할 조사를 쓰지 않으면 의미가 잘못 전달되거나 혼동을 줄 우려가 있으니 조사의 기능과 용도를 정확히 알고 자기가 표현하고 싶은 내용에 가장 맞는 조사를 가려서 쓰는 노력을 하는 것이 글을 잘 쓰는 기본임을 말이다. 특히 조사 중에 격조사와 보조사의 차이를 이해하고, 이들을 정확하게 사용하는 것이 조사를 사용하는 핵심 열쇠임을 알았으면 한다. 이 책은 조사의 이러한 부분을 하나씩 설명하고 아름다운 시로 직접 확인해 갈 것이다.

어미는 단어의 일부이기 때문에 쓰고 안 쓰고 할 문제가 일어나지는 않는다. 그러나 어미의 형태가 워낙 다양하기 때문에 사람들이 어미를 사용하는 데 애를 먹는다. 특히 한국어는 서법과 높임법 그리고 시제가 모두 어미를 통해서 구현되기 때문에 어미의 형태가 매우 중요하다. 어미가 비록 어간의 뒤에 붙어서 꼬리라는 이름으로 쓰이지만, 몸통이 하지 못하는 문법 기능을 수행한다는 점에서 보면 몸통보다 더 중요한 기능을 수행한다고 할 수 있다. 어미가 갖고 있는 연결 기능, 종결 기능, 전성 기능을 이해하고 각 기능에 맞춰 어떤 어미가 쓰이는지 확인할 필요가 있다. 특히 종결어미에는 서법과 높임법과 시제가 적용된다는 점을 잊지 말아야 한다.

그러므로 어떤 어미가 어떤 서법에 쓰이고, 그 어미에 높임법과 시제가 어떻게 적용되는지 이해하는 것이 중요하다. 물론 보통의 한국인이라면 이런 문제를 배우거나 체득하여 자연스럽게 사용하고 있을 테지만, 제대로 배우지 못하거나 잘못 배운 사람들은 어미를 부정확하게 사용하는 경우가 많다. 이 책은 어미를 연결어미, 종결어미, 전성어미로 나눠 형태를 설명하고 각 어미에서 높임법과 시제가 어떻게 구현되는지 살펴볼 것이다. 그리고 아름다운 시를 감상하면서 이를 확인해 볼 것이다. 이 공부를 통해서 조사와 어미를 새롭게 인식하고 소중하게 여기는 계기가 되기 바란다.

1장

시와

조사

시에서 조사가 중요한 것은

《시로 국어 공부: 문법편》에서 나는 조사가 문장의 뼈대를 세우는 대목 같은 구실을 하고, 또 체언을 이리저리 부리는 장수와 같다고 말한 바 있다. 그렇다면 시인은 어떤 사람일까. 바로 이 문법의 대목이고 장수인 조사를 잘 부리는 지휘자가 아닐까. 우리가 유능한 지휘자가 되기 위해서 알아야 할 조사의 모든 것을 지금부터 공부해 보자!

조사는 가끔 단어의 이미지나 문장의 분위기를 바꿔 시인의 본심을 드러내는 데 유용하게 쓰인다. 조사를 쓰지 않고 그런 이미지 일탈을 도모하려면 복잡한 장치가 필요해질 수 있다. 그런 점에서 조사를 적절하게 쓴 시에는 무언가 특별함이 묻어난다. 이는 반대로 조사를 아무렇게나 쓰게 되면 시의 깊이가 감소됨을 의미하기도 한다.

조사가 달라지면 글이 풍기는 느낌이 달라지는 것은 그 조사가 어떤 특정 상황에 최적화되어 있기 때문이다. 가장 적절한 상황에 가장 적절한 조사를 쓰는 것이 시인의 능력일 것이다. 그래서 시인은 조사에 민감해야 한다. 먼저 아래 시를 감상하면서 조사의 기능을 생각해 보자.

봄 2

이병기

봄날 궁궐 안은 고요도 고요하다
어원(御苑) 넓은 언덕 버들은 푸르르고
소복한 궁인은 홀로 하염없이 거닐어라

이 시의 밑줄 친 조사를 모두 아래와 같이 바꿔 보자. 즉, 조사 '은' 대신에 조사 '이'를 쓰면 느낌이 어떻게 달라지는지 생각해 보자.

봄날 궁궐 안이 고요도 고요하다
어원 넓은 언덕 버들이 푸르르고
소복한 궁인이 홀로 하염없이 거닐어라

느낌이 어떻게 달라졌는가. 아마 여러분은 원래 시보다 고친 시에서 더 생생한 현장감을 느낄 수 있을 것이다. 조사 '은'이 주는 느낌과 조사 '이'가 주는 느낌이 다른 것이다. 원래의 시에서는 봄날의 궁궐 안은 으레 고요하다는 당위론적인 사실을 밝힌 것으로 생각된다. 즉, 관념적인 봄의 느낌을 읊은 것이지 시인이 지금 눈으로 보면서 읊은 것으로 이해되지 않는다는 것이다.

이에 비해서 고친 시에서는 봄날 궁궐 안을 죽 둘러보면서 눈에 보이는 대로 읊은 것처럼 현장감이 살아남을 느낄 수 있을 것이다. 조사만 '은'을 '이'로 바꿨을 뿐인데 느낌의 차이가 이 정도로 달라진다면 어떻게 시인이 조사를 가볍게 다루겠는가?

조사의 기능

○ 자리 기능

조사의 일차적 기능은 체언이 문장에서 어떤 성분으로 자리를 잡을지 결정해 주는 문법적 기능이다. 체언은 반드시 조사가 있어야 문장에서 어떤 자리를 얻게 된다. 자리를 다른 말로 격이라고 하고, 자리 기능을 위해서 사용되는 조사를 격조사라고 부른다. 주어 자리에 쓰이는 조사를 주격조사, 목적어 자리에 쓰이는 조사를 목적격조사, 보어 자리에 쓰이는 조사를 보격조사, 관형어 자리에 쓰이는 조사를 관형격조사, 부사어 자리에 쓰이는 조사를 부사격조사, 서술어 자리에 쓰이는 조사를 서술격조사라고 분류하여 부른다. 문장에서 조사를 붙이지 않고 쓰이는 체언은 있을 수 없다. 만일 조사가 붙지 않은 체언이 있다면 그 체언에 붙은 조사가 생략된 것이지 아예 없는 것이 아니다.

• 서울에 고층 건물이 많다.

위 문장에서 '서울'과 '건물'에는 조사가 붙어 있다. '에'는 부사격조사이고, '이'는 주격조사이다. 이 조사들 덕에 '서울'은 부사어가 되었고, '건물'은 주어가 되었다. 그러나 '고층' 뒤에는 조사가 붙어 있지 않다. 따라서 이 명사가 어떤 기능을 수행하는지 알 수 없다.

그런데 사실은 이 명사에 붙을 조사가 생략되어 있다. '고층의 건물'이나 '고층인 건물' 구조로 '의'나 '인'이 생략된 것이다. '의'는 체언을 관형사로 만드는 관형격조사이고, '인'은 조사 '이다'의 활용형이다. 이렇게 보면 '고층'은 관형격조사가 생략된 관형어로서 '건물'을 꾸미고 있음을 알 수 있다.

이처럼 모든 체언은 조사를 대동하여 문장의 일정한 성분으로 자리를 잡는다. 조사는 체언과 숙명적으로 붙어 다니면서 체언을 안내하여 문장 안에서 체언이 자신의 뜻을 펼칠 수 있게 자리를 잡아 주는 기능을 하는 문법 요소이다.

물 이야기

이규리

잘못 쏟아버린 물이
상가 앞 인도에 흥건하다
기다린 듯 맹추위가
재빨리 물을 살얼음으로 바꾼다
이 길로 학원 가는 아이들 미끄러질까

더 얼기 전 비로 쓸어내니
움푹한 데로 얼음물 고인다
때맞춰 어디서 왔는지 꽁지 긴 새 한 마리,
겁도 없이 그 물 찍어 먹는다
오래 가물었구나
저 속이 갈급해 두려움조차 잊었으니
천천히 먹도록 떨어져서 망을 봐주었다
망 보는 나를 누가 또 망 봐주었다
잘못 쏟은 물이 아니었다
새 한 마리를 씻어준
새 한 마리가 나를 씻어준
환한 물

이 시의 중심 낱말인 '물'에 서로 다른 조사가 붙어 있고 또
조사가 없이 '물'만 쓰이기도 했다. 이 세 가지 '물'이 문장 안
에서 어떻게 기능을 바꾸는지 검토해 보면 체언에 조사가 어
떤 존재인지 확인하기 어렵지 않을 것이다.

① 잘못 쏟아버린 물이 상가 앞 인도에 흥건하다
② 기다린 듯 맹추위가 재빨리 물을 살얼음으로 바꾼다
③ 때맞춰 어디서 왔는지 꽁지 긴 새 한 마리, 겁도 없이 그
　 물 찍어 먹는다
④ 잘못 쏟은 물이 아니었다

⑤ 환한 물

①번 문장의 '물'은 주어, ②번 문장은 목적어, ③번 문장은 조사 '을'이 생략된 목적어, ④번 문장은 보어, ⑤번 문장은 조사 '이었다'가 생략된 서술어이다. 이처럼 체언에 어떤 조사가 붙느냐에 따라서 주어가 되기도 하고 목적어가 되기도 하고 보어가 되기도 하고 서술어가 되기도 한다. 체언은 조사를 통해서 문장에서의 기능이 결정된다.

○ 의미 부가 기능

조사가 체언의 자리를 지정해 주는 기능을 하면서 동시에 화자의 심리적 태도를 나타내는 부가 기능을 수행한다. 원래 자리를 잡아 주는 기능은 특별한 의미를 갖지 않는다. 그냥 주어나 목적어나 부사어 같은 문법 기능을 하게 해 줄 뿐이다. 그런데 어떤 경우에는 뭔가 다른 의미를 첨가하는데, 특히 특정 조사는 화자의 특별한 심리를 대변하기 위해서 쓰이기도 한다. 이런 부가 기능을 가진 조사를 보조사라고 한다. 시인은 조사의 부가 기능에 민감하지 않으면 조사를 잘 사용할 수 없다.

• 영수가 나를 도왔어요.

위 문장은 영수가 무슨 행위를 했는지 사실대로 말한 것이다. 상황에 따라서는 '나를 도운 사람이 영수다.'라는 생각을 강하게 표현한 문장이 될 수 있다. 어떻든 서술어의 주체가 주어인 영수라는 말을 하고 싶은 것이다. 이에 비해서 아래의 여러 문장을 보면 서술어의 주체를 보이면서 거기에 보태어 화자가 자기 마음의 상태를 달리 표현하려는 의도를 파악할 수 있다.

- 영수는 나를 도왔어요. (다른 사람은 몰라도 영수는)
- 영수도 나를 도왔어요. (다른 사람과 함께 영수도)
- 영수만 나를 도왔어요. (다른 사람은 다 빼고 영수만)
- 영수까지 나를 도왔어요. (불참했던 영수까지)
- 영수조차 나를 도왔어요. (반대하던 영수조차)

위 문장은 모두 '영수가 나를 도왔어요.'의 의미를 가지고 있는데 말하는 사람은 그런 의미 외에 또 다른 의미를 표현하고 싶어 한다. '영수는'이라고 하면 나를 도운 사람에 다른 사람은 몰라도 영수가 포함됨을 의미한다. 다른 사람은 나를 돕지 않았을 수 있음을 내비친다. '영수도'를 쓰면 나를 도운 사람에 다른 사람과 함께 영수가 포함됨을 의미한다. '영수만'이라고 하면 다른 사람은 나를 돕지 않고 오로지 영수가 나를 도왔음을 의미한다. '영수까지'라고 하면 도운 사람의 범위가 그 자리에 없거나 무관했던 영수에 이름을 의미한다.

범위의 극대화를 꾀하는 조사가 '까지'이다. '영수조차'라고 하면 안 도울 것 같던 또는 돕기를 반대했던 영수가 도왔다는 뜻이 포함된다. 이처럼 자리를 나타내는 기능 외에 부가적인 의미를 보태는 기능을 가진 조사를 보조사라고 부른다.

| 생략할 수 있는 조사와 생략하면 안 되는 조사

체언에 반드시 붙게 되어 있는 조사를 때로는 생략할 수 있다는 것이 또 대단히 매력적이다. 앞의 시 〈물 이야기〉에서 목적격조사 '을'이 생략되었고, 서술격조사 '이었다'가 생략되었음을 보았다. 문장의 의미가 왜곡되지만 않는다면 격조사는 생략할 수 있다. 특히 주격조사, 목적격조사의 생략은 일상적이다. 그러나 부가적 의미를 보태는 보조사는 생략하면 안 된다. 왜냐하면 보조사를 생략하면 부가적 의미가 사라지고 또 격조사가 생략된 것으로 오해를 받기 쉽기 때문이다.

- 영화를 보러 가자. → 영화 보러 가자. (격조사 생략)
- 영화도 보러 가자. → 영화 보러 가자. (보조사 생략)
- 학교에 가자. → 학교 가자. (격조사 생략)
- 학교는 가자. → 학교 가자. (보조사 생략)

위에서 보조사를 생략하면 사람들은 당연히 목적격조사 '를'과 부사격조사 '에'가 생략되었다고 이해하지 보조사 '도'와 '는'이 생략되었다고 보지 않는다. 그리고 원래 있었던 부가

적 의미도 사라짐을 알 수 있다. 따라서 보조사는 생략하면
안 된다. 보조사에 들어 있는 부가적 의미에 관해서는 4장 보
조사 부분에서 자세히 다루겠다.

단풍

김강호

낯익은 손님 되어
찾아온 가을 땡볕

깊은 산 허리춤에
불씨 지펴 놓고 있다

숨 가쁜 절정 한 구비
달아오른 화냥년

이 시에는 많은 조사가 생략되어 있으나 여러분은 아마 이를
어색해하거나 아쉬워하지 않고 읽을 수 있을 것이다. 조사의
중요도가 떨어져서라기보다는 우리가 이미 문법에 익숙해
서 스스로 문장 성분을 알고 거기에 적절한 조사를 끼워 넣
을 수 있기 때문이다. '손님 되어'에는 보격조사 '이'가 생략되
었고, '가을'에는 관형격조사 '의'가 생략되었다. '불씨 지펴'

에는 목적격조사 '를'이 생략되었고, '숨 가쁜'에는 주격조사 '이'가 생략되었고, '절정' 뒤에는 관형격조사 '의'가 생략되었고, '구비' 뒤에는 부사격조사 '에'가 생략되었다. '화냥년' 뒤에는 서술격조사 '이다'가 생략되었다. '단풍'을 '화냥년'으로 의인화하였기 때문이다.

이처럼 수많은 조사가 생략되었지만 문법적으로 문제를 일으키지 않고 의미 전달에도 문제가 없다. 그래서 조사 특히 격조사는 생략할 수 있는 문법 요소라고 하는 것이다. 시는 낱말이 주는 의미의 상징성을 소중하게 여기기 때문에 의미가 없는 기능어인 조사를 가능하면 안 쓰고 싶어 하는 특징이 있다. 그래서 조사 생략이 다른 장르의 글에 비해서 더 자주 일어난다.

2장

격조사

격조사란

모든 문장에는 주어, 서술어, 목적어, 보어, 관형어, 부사어, 독립어가 쓰인다. 이것을 문장 성분이라고 한다는 것은 이미 이야기했다. 이런 문장 성분은 주로 체언에 조사가 붙어서 이루어진다는 점도 이미 설명했다. 체언을 문장에서 주어, 서술어, 목적어, 보어, 관형어, 부사어, 독립어가 되도록 만드는 조사를 격조사라고 한다. 주어가 되게 하는 조사는 주격조사, 서술어를 만드는 조사는 서술격조사, 목적어를 만드는 조사는 목적격조사, 보어를 만드는 조사는 보격조사, 관형어를 만드는 조사는 관형격조사, 부사어를 만드는 조사는 부사격조사, 독립어를 만드는 조사는 호격조사라고 한다. 각 격조사의 형태는 아래와 같다.

• 주어가 되게 하는 조사(주격조사): 가/이
• 서술어가 되게 하는 조사(서술격조사): 다/이다
• 보어가 되게 하는 조사(보격조사): 가/이
• 목적어가 되게 하는 조사(목적격조사): 를/을
• 관형어가 되게 하는 조사(관형격조사): 의
• 부사어가 되게 하는 조사(부사격조사): 에, 에게, 에서, 로/으로,

로서/으로서, 로써/으로써, 와/과

- 독립어가 되게 하는 조사(호격조사): 야/아, 여/이여

위에 나열한 조사는 특별한 경우가 아니면 각자 맡은 문장 성분에 맞게 사용해야 한다. '가'나 '이'를 목적어에 사용할 수 없고, '를'이나 '을'을 주어에 사용할 수 없다. 격조사는 고유한 격에 제한적으로 쓰임을 알아야 한다. 다만, 주격조사와 보격조사의 형태가 같다는 점을 알아 두기 바란다.

° 격조사와 보조사

체언이 문장에서 어떤 성분으로 자리를 잡고 있는지 알려 주는 것이 격조사라면, 그런 기능에 보태어 화자의 심리 상태를 전해 주는 데 노력하는 조사를 보조사라고 부른다는 것을 앞에서 이야기했다. 격조사 외의 모든 조사는 보조사이다. 보조사는 혼자 체언에 붙는 경우에는 격조사의 기능을 수행하면서 거기에 부가적 의미를 보태는 기능을 하지만 격조사와 함께 쓰이기도 하고 부사나 어미 뒤에 쓰여 원래의 부가적 의미를 보태는 기능을 한다. 보조사가 격조사, 어미, 부사 뒤에 붙는 예를 아래에서 살펴보자.

- 꽃이 나뭇가지에 피었다. (에: 부사격조사)
- 꽃이 나뭇가지에만 피었다. (에만: 부사격조사+보조사)

- 꽃이 예쁘지는 않다. (-지는: 어미+보조사)
- 꽃이 몹시도 예쁘다. (몹시도: 부사+보조사)

봄에 부는 바람

박용철

바람이 불어서
대수풀이 휘어질 듯 넘어질 듯
바다 물결같이 출렁거린다

몰려오는 먼지가
떼로 떼를 지어 고함지르며
병정 떼같이 쳐들어온다

나야 무섭지도 않다
보아라 마른 잔디 틈에
새파란 대가리가 여기저기서
푸른 하늘을 바라고 있지 않느냐

이 시에는 많은 조사가 사용되었다. '이', '가', '로', '를', '에',
'서' 따위가 모두 격조사이고, '나야 무섭지도'에 쓰인 '야'와
'도'가 보조사이다. '야'는 주격조사 대신에 쓰여 강조의 뜻을

추가하고, '도'는 어미 뒤에 붙어 강조의 뜻을 나타낸다. 격조사와 보조사를 구별하는 능력을 길러 놓을 필요가 있으므로 격조사와 보조사를 구별하는 연습을 해 보기 바란다.

목련꽃

최봄샘

무어 그리 급해서
일찍이도 성급히 얼굴 내미느냐

아직 채 더워지지 않은 가슴에
긴긴 기다림이 익어 부풀어
꽃등불 되었느냐

너의 향기 따라
나의 님이 오시는구나
너의 길을 따라
나의 노래도 돌아오는구나

이 시에 쓰인 조사를 찾아보자. '도', '에', '이', '의', '을' 등을 찾을 수 있을 것이다. 이 중에서 격조사는 '에', '이', '의', '을'이고, 보조사는 '도'이다. 격조사와 보조사의 기능과 사용법에 민감

해지면 시를 더 멋지고 깊이 있게 쓸 수 있게 된다. 격조사는 주어, 보어, 목적어, 서술어, 관형어, 부사어, 독립어 자격을 주는 조사이고, 보조사는 그런 자격에 부가적 의미를 덧붙이는 조사이다. 격조사와 보조사를 차례로 살펴보자.

주어와 주격조사

° 주어의 성격

주어는 서술어의 주체이다. 문장의 주체가 아니라 서술어의 주체라고 말한 이유는 주어가 문장에서 기본이 되는 요소가 아니기 때문이다. 문장의 기본 요소는 서술어이다. 그리고 그 서술어의 주체를 가리키는 것이 주어이다. 보통 사람들은 주어와 서술어 관계를 주어가 주가 되고 서술어는 주어에 종속되는 것으로 인식하는 경향이 있다.

그러나 한국어에서 문장의 주인은 서술어이다. 서술어에 따라서 문장 형식이 결정된다. 서술어가 서술의 주체만 요구하면 주어와 서술어만으로 문장이 완성되지만, 서술어가 주어 외에 목적어나 보어가 필요하다면 주어와 목적어나 보어를 추가해야 문장이 완성된다. 서술어와 문장 형식에 관해서는 문법편 2장에서 자세히 다뤘기 때문에 여기서는 생략한다.

이처럼 한국어 문장은 서술어에 좌우된다. 주어는 그 서술어의 주체가 되는 성분일 뿐이다. '뛰어간다'라는 서술어가 있으면 '무엇이' 뛰어가는지 밝히는 것이 주어의 기능이다. 그래서 뛰어가는 것을 눈으로 보고 '아이가 뛰어간다.' 또는 '어른이 뛰어간다.'라고 말하게 된다.

그러면 주격조사가 아닌 조사로 주어를 만들 수는 없을까? 만들 수 있다. '조사의 기능'에서 설명했듯이 주어에 부가 기능을 주고 싶으면 보조사 '는', '도', '만' 등으로 주어를 만들 수 있다. 다만, 보조사로 주어를 만드는 경우와 주격조사로 주어를 만드는 경우는 화자의 심리 상태에서 상당한 차이가 있다. 특히 보조사 '는/은'으로 주어를 만드는 경우와 주격조사로 주어를 만드는 경우가 매우 섬세한 의미 차이가 있으므로 이에 대해서는 뒤에서 자세히 이야기하겠다.

°주격조사의 형태

주격조사는 체언에 주어의 자격을 주는 조사이다. 주격조사에는 '가'와 '이' 두 종류가 있다. 체언의 끝소리가 모음이면(받침이 안 붙어 있으면) '가'를 붙이고, 자음이면(받침이 붙어 있으면) '이'를 붙이는데, '가'와 '이'의 기능은 완전히 일치한다. 아래 예문은 주격조사를 써서 만든 가장 간단한 형태이다.

① 새가 날아간다. (받침이 없는 명사)
② 꿩이 날아간다. (받침이 있는 명사)

'새'와 '꿩'은 주어이고, '날아간다'는 서술어이다. 이 서술어는 주어만 있으면 의미가 완성된다. 그래서 주어와 서술어로 문장이 완성되었다.

° 주격조사의 특징: 현장감과 사실감

서술어가 동사일 경우에 그 주체인 주어가 그런 동작을 함을 의미한다. 따라서 주격조사가 쓰인 문장은 현장감이 묻어날 수밖에 없다. 앞 문장에서 보았듯이 주격조사를 사용한 이 문장에서 우리는 '새'와 '꿩'이 날아가는 모습을 눈에 그릴 수 있다. 또한 주격조사를 사용한 문장은 서술어가 실제 일어나는 것이어서 사실감을 준다.

낙화

조지훈

꽃이 지기로소니
바람을 탓하랴.

주렴 밖에 성긴 별이
하나 둘 스러지고

귀촉도 울음 뒤에
머언 산이 다가서다.

촛불을 꺼야 하리
꽃이 지는데

꽃 지는 그림자
뜰에 어리어

하이얀 미닫이가
우런 붉어라.

묻혀서 사는 이의
고운 마음을

아는 이 있을까
저어하노니

꽃이 지는 아침은
울고 싶어라.

이 시는 마치 최고의 자재로 멋진 건축물을 짓는 건축가처럼
아름다운 언어로 우아하게 직조해 낸다. '지는 꽃을 슬퍼하는
시인의 마음이 스러지는 별과 함께 미닫이의 하얀 창호지를
붉게 물들이는 빛으로 인하여 곱게 침잠한다.' 이 시를 읽는

사람은 누구나 시인이 보고 형상화한 대로 자연의 변화하는 모습을 받아들이고 공감하게 될 것이다.

우리가 이 시를 자연스럽게 읽으면서 시가 주는 정취를 어렵지 않게 공감할 수 있는 것은 밑줄 친 주격조사들의 역할이 컸음을 알아야 한다. 이 조사들은 마치 바퀴에 칠해진 윤활유처럼 매끄럽게 '꽃', '별', '산', '미닫이'를 '지기로소니', '스러지고', '다가서다', '붉어라'에 맞닿도록 해 주고 있다.

- 꽃이 지다.
- 별이 스러지다.
- 산이 다가서다.
- 미닫이가 붉다.

이 시에서 주격조사 '이/가'를 즐겨 쓴 이유는 시인이 보거나 생각하는 풍경을 생생하게 묘사하고자 했기 때문이다. 그래서 우리는 별이 사라지는 모습, 희미하게 보이던 산이 또렷하게 보이는 모습, 미닫이가 붉어지는 모습을 눈에 그릴 수 있게 된다. 자기의 시상이 어디에서 왔는지 그것이 어떤 풍경이나 모습이었다면 주어에 주격조사 '이/가'를 써서 독자에게 생생하게 전해 줌으로써 독자가 그 시상에 공감하도록 이끌 수 있다. 주격조사에 '이'를 쓸 것인가 '가'를 쓸 것인가는 매우 단순하게 결정된다. '꽃', '별', '산'처럼 받침이 있는 말 뒤에는 '이'를 붙이고, '미닫이'처럼 받침이 없는 말 뒤에는

'가'를 붙인다.

너무나 자연스러운 조사의 변화가 아닌가. 이것이 한국어이다. 치열했던 삶을 뒤로하고 은둔해서 대자연을 벗 삼아 살고 있는 사람은 대자연을 변화하는 그대로 받아들이며 바라볼 수 있다. 세파의 때를 벗고 대자연에 동화되면서 말이다. 이 시에 온통 주격조사 '이/가'를 사용한 이유이기도 할 것이다.

° 주격조사의 높임

한국어의 특징 중에 하나가 높임법이 발달한 것이다. 높임법은 서술어의 종결어미에서 실현되지만 단어 차원에서도 실현되고 조사 차원에서도 실현된다. 그래서 한 문장 안에서 단어와 조사와 종결어미에 똑같이 높임법이 적용되어야 높임법이 제대로 구현되었다고 본다. 그런 점에서 조사, 특히 주격조사에 높임법이 제대로 구현되어야 한다. 행위의 주체를 높이기 위해서 쓰는 주격조사로 '께서'가 있다.

① 어머니가 왔다.
② 어머니가 오셨다.
③ 어머니께서 오셨다.
④ 어머님께서 오셨다.

위 예문은 우리가 일상생활에서 어머니를 주어로 어떤 표현을 하는지 적어 놓은 것이다. ①번 문장은 높임법을 인식하지 않고 자유롭게 말해도 되는 사람들이 사용할 수 있는 표현이다. 만일 높임법의 중요성을 고려하는 사람이 있다면 이들의 잘못을 지적하는 일이 생길 수 있다. ②번 문장은 서술어에 높임법을 적용한 표현이다. 격식을 차리지 않는 사람들끼리 쓸 수 있지만 높임법을 어느 정도 차리는 사람이라면 이렇게 쓰지 않을 것이다. ③번 문장이 문법상으로 높임법을 잘 구현한 문장이다. 조사와 어미를 모두 일관성 있게 높였기 때문이다.

그러나 '어머니'를 높이기 위해서 '어머님'이라는 표현을 쓴다는 사실을 아는 사람이라면 ④번처럼 말해야 완전한 높임법을 구현했다고 말할 것이다. 단어 차원의 높임을 가능하게 하는 '-님'은 접미사라고 한다. 조사 차원의 높임은 부사격조사 '에서'를 '께서'로 바꾸는 데서도 나타난다. 이 설명은 뒤에서 더 자세히 하겠다. 여기서 주의해야 할 것은 '께서'를 쓴 문장의 서술어를 높이지 않으면 어느 경우이든 틀린 표현이 된다는 점이다. 즉, '어머니께서 왔다.'라거나 '어머님께서 왔다.'라고 하면 안 된다.

임께서 부르시면

신석정

가을날 노랗게 물드린 은행잎이
바람에 흔들려 휘날리듯이
그렇게 가오리다
임께서 부르시면…

호수(湖水)에 안개 끼어 자욱한 밤에
말없이 재 넘는 초승달처럼
그렇게 가오리다
임께서 부르시면…

포곤히 풀린 봄 하늘 아래
구비구비 하늘가에 흐르는 물처럼
그렇게 가오리다
임께서 부르시면…

파-란 하늘에 백로가 노래하고
이른 봄 잔디밭에 스며드는 해볕처럼
그렇게 가오리다
임께서 부르시면…

위의 시에서 밑줄 친 '임께서'가 '임'을 높이기 위해서 주격조사 '이' 대신에 '께서'를 쓴 예이다. 이 시는 높임법을 일관성 있게 아주 잘 구사하여 높임의 일치를 이루었다. 이 시의 후렴처럼 반복된 아래 구절은 특히 유념해서 볼 필요가 있다.

• 그렇게 가오리다 <u>임께서</u> 부르시면

이 문장은 도치법을 사용한 것인데 종속절이 '임께서 부르시면'이고, 주절이 '그렇게 가오리다'이다. 종속절 자체가 높임의 일치를 이룬 것은 말할 것도 없고, 그 태도를 주절에까지 일관되게 적용했다는 점을 높이 사고자 한다. 주절의 서술어 '가오리다'에는 자기의 행위를 겸손하게 말할 때 쓰는 겸양의 선어말어미 '-오-'를 붙임으로써 상대의 행위에 '-시-'를 붙인 것과 잘 호응되기 때문이다. 이 시는 완벽한 높임법을 구현하고 있다.

° 주격조사의 특별한 사용법

주격조사인 '이/가'가 특별한 경우에 목적격조사처럼 쓰이기도 한다. 한국어의 독특한 어법이라고 해야 할 이 쓰임새를 검토해 보자.

① 나는 엄<u>마가</u> 보고 싶다.

② 나는 밥이 먹고 싶다.
③ 나는 문득 편지가 쓰고 싶어진다.

타동사 앞에는 당연히 목적격조사 '을/를'을 쓴 목적어가 나와야 하는데, 위 예문에는 타동사 '보다', '먹다', '쓰다' 앞에 목적격조사를 쓴 목적어가 오지 않고 주격조사를 쓴 주어가 왔다. 매우 독특한 어법이다. 물론 목적어를 쓰면 안 되는 것은 아니지만 한국인은 목적어 대신에 주어를 쓴다. 이는 보조형용사 '싶다'가 요구하는 독특한 어법이다. '무엇을 보고/먹고/쓰고 싶다'와 '무엇이 보고/먹고/쓰고 싶다'는 한국어에서 다 통용되는 어구인데 상황에 따라서 후자가 더 한국어다운 표현으로 인식된다.

그대가 보고 싶을 때

최춘자

그대가 보고 싶을 때
조용한 음악을 들어요
나는 주인공이 되지요
기쁨으로 가슴이 벅차올라요

다시 보고 싶을 때

희망의 편지를 읽어요
사랑의 향기가 싱그러운
솔 내음으로 전해오거든요

그래도 보고 싶을 땐
살며시 눈을 감아요
그대 모습 뇌리에 스치면
반가워 눈물이 흘러내려요

아련한 그대 모습 그리면
아무것도 할 수가 없어
나도 몰래 스르르 잠이 들어요
꿈속에서 우리 깊은 사랑 나눠요

그대와 손잡고 거니는 오솔길엔
예쁜 꽃들이 살랑살랑 춤을 춰요
아름다운 사랑의 향기에 취해
참 행복해요
그대 내 안에 있기에

앞에서 설명한 것처럼 이 시에도 목적격조사가 '을/를'을 쓸
자리에 주격조사 '가'를 썼다. '그대가 보고 싶을 때'는 '그대
를 보고 싶을 때'와 같은 의미의 문장이다. 일반적인 구조로

보면 '그대를 보고 싶다'가 더 올바른 표현 같지만 우리는 '그대가 보고 싶다'를 자연스럽게 사용한다. 문법편에서 설명한 대로 이런 문장을 서술절을 품은 '안은문장'이라고 한다. '그대가'는 안긴문장 곧 서술절의 주어이고, 안은문장의 주어는 생략되었다. 생략된 주어는 시적 화자인 '나'가 될 것이다.

보어와 보격조사

보어는 서술어를 보완하는 말로서, 보어를 요구하는 서술어는 동사 '되다'와 형용사 '아니다'가 있다. 체언을 보어가 되게 하는 보격조사는 따로 없고 주격조사를 그대로 쓴다.

① 그가 시인이 되었다.
② 돈이 정의가 아니다.

위 예문의 밑줄 친 부분은 주격조사가 쓰여서 주어와 서술어로 된 문장처럼 보이지만 문법에서는 그렇게 분석하지 않는다. ①번 문장은 '그가'가 주어이고, '시인이'가 보어, '되었다'가 서술어로 분석한다. 즉, 두 자리 서술어 문장인 것이다. 마찬가지로 ②번 문장은 '돈이'가 주어이고, '정의가'가 보어이며, '아니다'가 서술어이다. 우리말에서 보어를 취하는 서술어는 '되다'와 '아니다' 둘뿐이다. 그러니 이 두 서술어 앞에 오는 조사 '이/가'는 무조건 보격조사로 보면 된다.

꽃

김춘수

내가 그의 이름을 불러 주기 전에는
그는 다만
하나의 몸짓에 지나지 않았다.

내가 그의 이름을 불러 주었을 때
그는 나에게로 와서
꽃이 되었다.

내가 그의 이름을 불러 준 것처럼
나의 이 빛갈과 향기에 알맞는
누가 나의 이름을 불러 다오.
그에게로 가서 나도
그의 꽃이 되고 싶다.

우리들은 모두
무엇이 되고 싶다.
너는 나에게 나는 너에게
잊혀지지 않는 하나의 의미가 되고 싶다.

이 시에서 '꽃이 되다', '무엇이 되다', '의미가 되다'에 보격조사를 쓴 것이 눈에 띈다. 동사 '되다'가 보어를 필요로 하는 서술어라는 점을 다시 인식해 두면 좋겠다.

목적어와 목적격조사

목적어는 타동사의 대상이 되는 말이다. 타동사 서술어는 반드시 목적어가 있어야 의미가 완성된다. 체언을 목적어가 되게 만드는 조사를 목적격조사라고 한다. 목적격조사에는 '을'과 '를'이 있다. 받침이 없는 체언 뒤에 '를'을 붙이고, 받침이 있는 체언 뒤에는 '을'을 붙인다. 이 두 조사의 기능은 완전히 일치한다.

목적어를 만드는 목적격조사는 '을/를'이지만, 보조사를 써서 목적어를 만들 수도 있다. 보조사는 부가 기능을 가진 조사이므로 그런 부가적 의미를 표현하려면 목적격조사 대신에 보조사를 쓰면 된다.

광야

이육사

까마득한 날에
하늘이 처음 열리고
어디 닭 우는 소리 들렸으랴

모든 산맥들이
바다를 연모해 휘달릴 때에도
차마 이곳을 범하던 못하였으리라

끊임없는 광음을
부지런한 계절이 피어선 지고
큰 강물이 비로소 길을 열었다

지금 눈 나리고
매화향기 홀로 아득하니
내 여기 가난한 노래의 씨를 뿌려라

다시 천고(千古)의 뒤에
백마(白馬) 타고 오는 초인(超人)이 있어
이 광야에서 목놓아 부르게 하리라

이 시에 쓰인 목적격조사를 살펴보자.

- 바다를 연모해
- 이곳을 범하던
- 길을 열었다
- 씨를 뿌려라

모두 타동사, 곧 목적어를 취하는 동사에 사용된 것을 알 수 있다. 이런 동사는 두 자리 서술어에 해당한다. 그런데 아래의 경우는 목적격조사를 쓸 만한 곳이 아니다.

• 끊임없는 광음을 부지런한 계절이 피어선 지고

이 문장은 기간을 나타내는 부사어가 되어야 할 곳에 목적격조사를 붙여 목적어처럼 사용했다. 대개 화자의 언어 습관에서 온 것인데 이런 사용법은 시에서 종종 나타난다.

관형어와 관형격조사

관형격조사는 체언으로 체언을 수식하기 위해서 붙이는 조사인데, 이에 해당하는 조사는 '의' 하나뿐이다. 이 조사는 앞의 체언이 뒤의 체언을 제한하거나 수식하게 만드는 기능을 한다. 그런데 두 체언이 잇달아 나오면 일반적으로 앞 체언이 뒤 체언을 수식하거나 제한하므로 굳이 관형격조사를 붙이지 않아도 된다. '한국 풍속'이라고 하는 것이나 '한국의 풍속'이라고 하는 것이나 의미 차이가 없는 이유가 여기에 있다.

그래서 한국어는 관형격조사 '의'를 대체로 생략한다. 그러나 소유나 소속 관계 등 제한이나 수식 기능을 명확하게 하기 위해서 '의'를 사용하는 것이 좋은 경우도 많이 있다. 국립국어원이 펴낸 《표준국어대사전》에는 조사 '의'의 기능을 설명하는 항목이 21개나 있다. 그중에서 '의'를 쓰지 않으면 의미에 혼란이 생기는 경우가 있고, 생략하는 것이 더 자연스러운 경우가 있다. 몇 가지 경우를 소개하면 아래와 같다.

① 이 기회에 너희들의 강함을 보여라.
② 논문의 주제를 무엇으로 할까.
③ 사회의 개방성이 한국의 장점이다.

①번 문장에서 관형격조사 '의'는 주격조사 '이'를 대체하여 쓰인 것이어서 생략하지 않는 것이 좋은데, ②번 문장에서 '의'는 생략해도 의미가 통한다. ③번 문장에서는 두 경우를 달리 볼 수 있다. '사회의 개방성'은 '의'를 생략하여 '사회 개방성'이라고 해도 문제가 없다. 그러나 '한국의 장점'에 쓰인 '의'는 생략하지 않는 것이 좋다. 이런 판단은 조금은 주관적인 것이어서 절대적이지 않지만 글을 매끄럽게 쓰려면 이런 점에 익숙해질 필요가 있다.

산

이형기

산은 조용히 비에 젖고 있다.
밑도 끝도 없이 내리는 가을비
가을비 속에 진좌(鎭座)한 무게를
그 누구도 가늠하지 못한다.
표정은 뿌연 시야에 가리우고
다만 윤곽만을 드러낸 산
천 년 또는 그 이상의 세월이
오후 한때 가을비에 젖는다.
이 심연 같은 적막에 싸여
조는 둥 마는 둥

아마도 반쯤 눈을 감고
방심무한(放心無限) 비에 젖는 산
그 옛날의 격노의 기억은 간 데 없다.
깎아지른 절벽도 앙상한 바위도
오직 한 가닥
완만한 곡선에 눌려버린 채
어쩌면 눈물 어린 눈으로 보듯
가을비 속에 어룽진 윤곽
아아 그러나 지울 수 없다.

이 시에 쓰인 관형격조사 '의'가 가진 기능을 보면 아래와 같다.

- 그 이상의 세월: '그 이상'이 '세월'을 한정하는 관형어가 되게 하여 '그 이상 되는 세월'의 의미를 나타낸다. '의'를 생략하기 어렵다.
- 옛날의 격노의 기억: 여기에 쓰인 두 개의 관형격조사 '의'가 매우 낯설고 어색하다. '옛날의'에 쓰인 '의'는 '옛날'이 '격노'를 한정하는 관형어가 되게 하고, '격노의'에 쓰인 '의'는 '기억'을 한정하는 관형어가 되게 하는데, '옛날의 격노'나 '격노의 기억'이나 흔히 쓰기는 어려운 표현이고 더욱이 이것을 겹쳐 놓는다는 것은 한국어에서는 좀처럼 보기 어렵다. 이 표현이 '옛날 격노하던 기억'과 같은 의미라면 굳이 관형격조사 '의'를 반복해서 사용할 필요가 없을 것 같다.

조사 '의'는 동사나 형용사를 사용한 관형사형을 간단하게 줄이는 데 유용하게 쓰일 수 있다. '천국으로 가는 계단'을 '천국의 계단'으로 줄이는 것이 그 예이다. 그러나 '의'는 한국어에서 그리 폭넓게 사용되는 조사가 아니므로 남용하지 않도록 조심해야 한다.

부사어와 부사격조사

부사어의 기본 기능은 용언의 내용을 한정하는 것이다. 부사어는 체언에 부사격조사를 붙여 만드는데 부사격조사는 그 종류가 매우 많다. 주격조사와 보격조사가 '가/이', 목적격조사가 '를/을', 관형격조사가 '의', 서술격조사가 '이다' 하나인 것에 비하면 부사격조사는 무척 많다.

○ 부사격조사의 종류

체언에 붙어 부사어를 만드는 부사격조사는 기능에 따라서 몇 가지로 분류한다.

- 에: 목적지(도착지)나 체류지를 나타내는 부사격조사
  예) 집에 간다. 호주머니에 넣는다. 한국에 머무르려 한다. 이유는 여기에 있다.
- 에서: 출발지나 활동지를 나타내는 부사격조사
  예) 한국에서 왔다. 마당에서 논다. 곤경에서 벗어났다. 우리 중에서 대표를 뽑았다.
- 로/으로: 향하는 장소를 나타내는 부사격조사

예) 서울로 가려 한다. 싸움으로 번졌다. 우주로 발사되었
다. 2층으로 올라간다.

- 에게, 한테, 께: 주고받음의 대상을 나타내는 부사격조사
  예) 우리에게 말해라. 너한테는 비밀이야. 선생님께 말씀
  드려라.
- 로/으로, 로써/으로써: 이유, 수단을 나타내는 부사격조사
  예) 물로 전기를 만든다. 이 돈으로 뭘 살까. 대화로써 문제
  를 풀어 가야지. 상대를 힘으로써 억누르지 마라.
- 로/으로, 로서/으로서: 자격을 나타내는 부사격조사
  예) 월급쟁이로 살기 어렵다. 나는 막내로 태어났어. 그는
  참모로서는 괜찮지만 사장으로서는 좀 부족하다.

위 부사격조사들은 기능 영역이 겹치는 것도 있고 미세하게
다른 용도로 사용하기도 하여 자세한 설명이 필요하다. 변별
해서 사용하면 좋을 것들을 추려서 설명하겠다.

○ '에'

장소, 시간, 방향, 원인, 이유, 근거, 목표, 목적지, 수단, 방법,
조건, 기준, 범위 등 온갖 부사어를 만드는 데 사용되는 부사
격조사가 '에'이다. 이 조사의 쓰임은 너무 폭이 넓어 쉽게 설
명하기가 어렵다. 아래 몇 가지 예문을 보자.

- 뜰에 장미를 심었다. (행위의 장소)
- 10시에 만나자. (행위의 시간)
- 나는 집에 가겠다. (행위의 목적지)
- 그런 달콤한 말에 넘어가지 마라. (행위의 원인)
- 타인에 공감하는 사람이 되어라. (행위의 대상)
- 이걸 어디에 쓰려고? (행위의 목적)
- 기쁨에 눈물이 난다. (행위의 이유)
- 번갯불에 콩을 볶겠다. (행위의 수단)
- 절망은 죽음에 이르는 병이란다. (행위의 결과)
- 그 아버지에 그 아들이로다. (상황의 대상자)
- 나비가 거미줄에 걸렸다. (피동 자격으로)

이 밖에도 매우 다양한 쓰임새를 가지고 있는 것이 부사격조사 '에'이다. 아마 이 조사를 자유자재로 쓸 수 있다면 문장이 한층 격조가 높아질 것이다.

거리의 봄

심훈

지난겨울 눈밤에 얼어 죽은 줄 알았던 늙은 거지가
쓰레기통 곁에 살아 있었네.
허리를 펴며 먼 산을 바라다보는 저 눈초리!

우묵하게 들어간 그 눈동자 속에도
봄이 비치는구나 봄빛이 떠도는구나.

원망스러워도 정든 고토에 찾아드는 봄을
한 번이라도 저 눈으로 보고 싶어서
무쇠도 얼어붙는, 그 추운 겨울에 이빨을 앙물고 살아왔구나.
죽지만 않으면 팔다리 뻗어볼 시절이 올 것을
점쳐 아는 늙은 거지여 그대는 이 땅의 선지자로다.

사랑하는 벗이여,
그대의 눈에 미지근한 눈물을 거두라!
그대의 가슴을 헤치고 헛된 탄식의 뿌리를 뽑아 버려라!
저 늙은 거지도 기를 쓰고 살아왔거늘
그 봄도 우리의 봄도, 눈앞에 오고야 말 것을
아아, 어찌하여 그대들은 믿지 않는가?

시인이 이 시를 지은 시기는 일본 제국주의의 만행이 극한으
로 치닫던 때였다. 이런 때에 시인은 이를 견뎌 내자고 말하
고 있다. 살아남아서 기어이 '우리의 봄'을 맞자고 외치고 있
다. 이 시를 발표한 지 16년 뒤에 정말로 우리에게 봄이 찾아
왔다. 그러나 아쉽게도 시인은 이 봄을 보지 못했다. 이 시를
읽으면서 미지근한 눈물이 아닌 뜨거운 눈물을 흘리게 되는
이유이리라.

시에 쓰인 '눈밤에', '곁에', '고토에', '겨울에', '눈에', '눈앞에'
는 모두 부사어로서 원인, 장소, 시간, 대상 등을 나타내고 있
다. '에'를 자유자재로 사용한 시이다.

° '에'와 '에서'

부사격조사 중에서 장소를 나타내는 조사를 특별히 처소격
조사라고 한다. 처소격조사 중에서 '에'와 '에서'를 잘 구분하
여 쓰는 것이 중요하다. '에'는 목적지나 도착지에 붙여 사용
하고, '에서'는 출발지에 붙여 사용한다. 또 '에'는 머물고 있
는 장소에 붙여 사용하고, '에서'는 활동하는 장소에 붙여 사
용한다. 예문을 들어 이 용법을 살펴보자.

① 나는 학교에 간다. … '에'가 목적지 뒤에 붙었다.
② 드디어 집에 돌아왔다. … '에'가 도착지 뒤에 붙었다.
③ 그는 서울에서 왔다. … '에서'가 출발지 뒤에 붙었다.
④ 나는 집에 있다. … '에'가 체류지 뒤에 붙었다.
⑤ 나는 집에서 일한다. … '에서'가 활동지 뒤에 붙었다.

위 예문들은 부사격조사로 만들어진 부사어가 서술어를 한
정하는 데 별 문제가 없다. 즉, '에'와 '에서'가 잘 구별되어 사
용되었다. 그러나 ④번 문장과 ⑤번 문장에서 '에 있다'와 '에
서 일한다'의 조사 사용에 의문을 품을 수 있다. '있다' 서술

어에는 '에'를 붙였고, '일하다' 서술어에는 '에서'를 붙였기 때문이다. '집에서 있다'나 '집에 일한다'가 받아들여지지 않는 이유도 있을 것이다. 여기서 우리는 '에'와 '에서'의 용법을 면밀히 살펴보아야 할 필요를 느낀다.

| '에' 살 것인가, '에서' 살 것인가!

아래 예문을 보면서 '살다'의 부사어를 만드는 조사로 '에'와 '에서' 어느 것이 더 적절할지 생각해 보자.

① 고래는 물에 사는 짐승이다.
② 그는 서울에 산다.
③ 그는 하루 종일 연구실에서 산다.

①번 문장과 ②번 문장의 '살다'가 일상적인 주거생활의 의미를 나타내는 반면에 ③번 문장의 '살다'는 일한다는 의미를 나타낸다. 그러니까 ① ②의 '살다'에 비해서 ③의 '살다'가 활동성이 더 강하다고 볼 수 있다. 여기서 일단 '살다'의 활동성이 강한 경우에 '에서'를 사용한다는 논리를 유추할 수 있을 것 같다. 즉, 무슨 행위나 활동을 상정하는 경우에는 '에서'를 붙이고 행위나 활동을 상정하지 않는 경우에는 '에'를 붙인다. '연구실에서 산다'라는 말은 연구실에서 살며 연구 활동을 한다는 의미를 갖는다. 즉, 연구실이 활동 공간이라는 말이다. 만일 '연구실에 산다'라고 하면 연구실이 거주 공간임

을 말한다고 볼 수 있다. 이런 기준에 따르면 아래 예문을 달리 인식하는 것이 가능해진다.

④ 나는 서울<u>에</u> 산다.
⑤ 나는 서울<u>에서</u> 산다.

④번의 사람은 서울을 거주 공간으로 생각하는 사람이고, ⑤번의 사람은 서울을 활동 공간으로 생각하는 사람이다. ④번 사람은 삶을 정적으로 생각하는 사람이고, ⑤번 사람은 삶을 동적으로 생각하는 사람이다. 그런데 이런 구별을 김소월 시인의 시에서 찾을 수 있다는 것은 정말 놀라운 일이다.

산유화

김소월

산에는 꽃 피네
꽃이 피네.
갈 봄 여름 없이
꽃이 피네.

산에
산에

피는 꽃은
저만치 혼자서 피어 있네.

산에서 우는 작은 새여,
꽃이 좋아
산에서
사노라네.

산에는 꽃 지네
꽃이 지네.
갈 봄 여름 없이
꽃이 지네.

이 시에서 시인은 '에'와 '에서'를 구별하여 사용했다. 시인의 조사 사용 능력을 잘 드러내 주는 작품이어서 내가 '에'와 '에서'를 구별하여 쓰도록 가르칠 때 꼭 인용하는 시이다. 부사격조사 '에'와 '에서'가 사용되는 곳을 유념하면서 시를 읽으면 시인이 조사를 사용하는 데 소홀함이 없음을 쉽게 느낄 수 있다. 꽃이 피는 곳을 나타낼 때는 '산에 피는'이라고 표현했지만, 새가 우는 곳을 나타낼 때는 '산에서 우는'이라고 표현했다. 정태적인 곳에서는 '에'를 사용하고 동태적인 곳에서는 '에서'를 사용하였음을 알 수 있다.

'피다'는 동사이지만 동작이 느껴지지 않는다. '꽃'은 식물이기 때문에 움직임이 없다. 즉, '꽃이 피다'에서 시각적으로 동작이 감지되지 않는다. 그래서 부사격조사 '에'를 써서 부사어를 만들었다. '지다'도 마찬가지이다. '지다'도 꽃의 행위이기 때문에 정적으로 본 것이다. 이에 비해서 동사 '울다'와 '살다'에는 활동성이 있다고 보았다. '새'라는 동물이 이리저리 날아다니면서 살기 때문이다. 그래서 '새가 울다'와 '새가 살다'에 부사격조사 '에서'를 썼다. 특히 '살다'에 부사격조사 '에서'를 쓴 것은 놀라운 선택이다.

시인이 '에 살다'를 선택한다면 마치 꽃이 피고 지는 것처럼 정태적인 삶을 묘사하는 것이고, '에서 살다'를 선택한다면 마치 새가 날고 울고 하는 것처럼 동태적인 삶을 묘사하는 것이 될 것이다. 다시 말하면 삶에 활동성을 주고자 한다면 부사격조사 '에서'를 쓰게 될 것이라는 말이다. 시인이 '산에서 사노라네'라고 한 것은 삶을 적극적이고 동태적으로 본 결과였을 것이다.

'묵다'와 '머무르다'를 부사어로 만들 때에도 '에'와 '에서' 중에서 어느 것을 사용할 것인지 고민하게 된다. 국립국어원의 《표준국어대사전》에는 이 두 동사의 예문이 아래와 같이 소개되어 있다.

⑥ 여행 중에 작은 호텔에 며칠 머물렀다.
⑦ 산행하다가 근처 절에서 하루를 묵었다.

두 문장은 모두 사람이 일시적으로 머무르거나 묵는 상황을 설명한 것인데 '머무르다'에는 '에'를 쓰고, '묵다'에는 '에서'를 썼다. 이 경우는 동사의 성격에 따른 것이다. '머무르다'는 가는 동작의 끝에 어디에 다다르는 동작의 결과이기 때문에 목적지의 개념으로 '에 머무르다'를 쓴 것이고, '묵다'는 잠깐 머물러서 활동하는 개념으로 '에서 묵다'를 쓴 것으로 이해할 수 있다. 만일 '묵다'를 정태적인 주거의 개념으로 생각한다면 '에 묵다'를 쓸 수도 있을 것이다.

○ '로'

움직이는 방향이나 경유지를 나타낼 때 조사 '로'나 '으로'를 사용하는데, 받침이 없는 체언 뒤에 '로'를 사용하고 받침이 있는 체언 뒤에 '으로'를 사용한다. '로/으로'는 이 밖에도 여러 용도로 사용되는데 간단히 제시하면 아래와 같다.

• 움직이는 방향 제시: 우리는 제주로 가는 비행기를 탔다.
• 경로나 경유지를 제시: 도둑이 뒷문으로 도망갔다.
• 변화의 결과를 제시: 내리던 눈이 비로 바뀌었다.
• 작품의 원료를 제시: 목수가 나무로 집을 짓는다.
• 연장이나 수단을 제시: 일꾼이 삽으로 땅을 판다.
• 일의 방식을 제시: 너무 큰 소리로 말하지 마라.
• 이유나 원인을 제시: 아이가 독감으로 고생하고 있다.

- 신분이나 자격을 제시: 나는 교사로 일하고 있다.
- 시간을 제시: 시위가 오늘로 열흘째가 된다.
- 대상에 대한 판단을 제시: 넌 나를 바보로 아니?
- 용도를 제시: 이곳은 도서실로 사용할 생각이다.
- 약속이나 결정을 제시: 오늘 그와 만나기로 약속했다.
- 시킴 또는 동행의 대상을 제시: 나로 하여금 그만두게 하려고?
- 수준이나 정도를 제시: 온도를 27도로 높였다.

이 밖에도 미세한 차이를 가진 용법이 많이 존재한다. 시에서 이를 조금 맛보아 보자.

빛

이광수

만물은 빛으로 이어서 하나,
중생은 마음으로 붙어서 하나.
마음 없는 중생 있던가?
빛 없는 만물 있던가?
흙에서도 물에서도 빛은 난다.
만물이 탈 때에는 온 몸이 모두 빛.

해와 나,
모든 별과 나,
빛<u>으로</u> 얽히어 한 몸이 아니냐?
소와 나, 개와 나,
마음<u>으로</u> 붙어서 한 몸이로구나.
마음이 엉키어서 몸, 몸이 타면은 마음의 빛

항성들의 빛도 걸리는 데가 있고
적외선 엑스선도 막히는 데가 있건마는
원 없는 마음의 빛은 시방(十方)을 두루 비쳐라.

이 시에서 '빛으로', '마음으로'에 쓰인 '으로'는 연장이나 수단을 제시하는 부사격조사이다. 이광수의 우주관과 종교관이 스민 시라는 생각이 든다. 맨 끝 행에서 '빛'과 '마음'을 하나로 묶어서 '마음의 빛은 시방을 두루 비쳐라'라고 한 것에서 시인의 생각이 잘 드러났다.

우리가 물이 되어

강은교

우리가 물이 되어 만난다면
가문 어느 집에선들 좋아하지 않으랴.

우리가 키 큰 나무와 함께 서서
우르르 우르르 비 오는 <u>소리로</u> 흐른다면.

흐르고 흘러서 저물녘엔
저 혼자 깊어지는 강물에 누워
죽은 나무뿌리를 적시기도 한다면.
아아, 아직 처녀인
부끄러운 바다에 닿는다면.

그러나 지금 우리는
<u>불로</u> 만나려 한다.
벌써 숯이 된 뼈 하나가
세상에 불타는 것들을 쓰다듬고 있나니

만 리 밖에서 기다리는 그대여
저 불 지난 뒤에
<u>흐르는 물로</u> 만나자.
푸시시 푸시시 불 꺼지는 소리로 말하면서
올 때는 인적 그친
넓고 깨끗한 하늘로 오라.

'소리로 흐른다면', '물로 만나자'에 쓰인 '로'는 모두 자격을
나타내는 부사격조사이다. '소리가 되어 흐른다면', '물이 되

어 만나자'와 같은 표현이다. '나는 끝까지 네 친구로 남겠다.'라거나 '그는 평생 소시민으로 살았다.'에서 쓰인 '로/으로'와 같은 기능을 하는 것이다. 위 용법은 신분이나 자격을 나타내는 '로'의 용법이다. '소리가 되어 흐른다면'이나 '물이 되어 만나자'라는 표현을 쓰지 않은 이유는 이 표현이 '소리로 흐른다면', '물로 만나자'에 비해 상투적이기 때문일 것이다.

| '에'와 '로/으로'의 용법 차이

목적지를 제시하는 이 두 조사의 용법에는 구별해야 할 차이가 있다. '에'는 이미 도착한 장소나 분명히 목적을 가지고 도착해야 할 장소에 쓰인다. 그러니까 '에'에 쓰이는 장소는 막연한 장소가 아니라 구체적으로 도착하게 되는 장소이다. 이에 비해서 '로/으로'는 조금 막연히 도착하는 장소나 꼭 그곳에 도착할 필요는 없는 장소일 수도 있다.

① 아이는 학교에 갔다.
② 아이는 학교로 갔다.

①번 문장은 수업을 받아야 할 아이가 당연히 가야 할 곳이어서 가는 경우에 쓰는 말이다. 그리고 아이가 이미 학교에 도착해 있을 것임을 당연하게 생각하는 말이기도 하다. ②번 문장은 어디로 갔는지 그 목적지를 제시하는 뜻이 강하다. 학교 아닌 곳으로 갈 수도 있는 상황에서 학교로 가는 것을

선택한 것이라는 의미를 포함한다. 대체로 아이가 수업을 받기 위해서 가는 상황이 아닐 때 쓸 수 있는 말이다. 의무적으로 가야 할 장소에는 '에'를 쓰고, 선택적으로 가는 장소에는 '로'를 쓴다는 말이 된다.

③ 우리 잠깐 밖으로 나갈까?
④ 저 위로 가면 마을이 나옵니다.

③번 문장은 단순히 밖인 공간을 의미한다. 밖이 아주 먼 장소일 수도 있고 가까운 장소일 수도 있다. '밖에'를 쓰면 듣는 사람이 어디인지 알 수 있을 정도로 가까운 바깥 언저리를 의미한다. ④번 문장은 위쪽 전체를 가리킨다. 위쪽은 모두 '위로'라고 쓸 수 있다. 그러나 '위에'를 쓰면 '위'가 구체적인 장소로 압축된다.

맑은 소리

김사인

알이 아홉 달린 대추나무 단주 하나
어디서 덕원 수좌가 훔쳐다 나를 주었는데
딩 딩 딩 맑은 소리가
마음 안으로 울려오는 것 같아

82

여자를 만날 때도 술을 먹을 때도
주머니 속에 넣고 다니며 쪼물거렸는데

어느 날부턴가
아무 소리 안 들린다
나는 얼씨구
비로소 개잡놈이 된 것이냐

'안으로 울려오는'에 쓰인 '으로'의 기능을 생각하며 시를 읽어 보면 이 시가 주는 울림을 조금 더 깊이 느낄 수 있을 것이다. '안으로 울려오는'은 안이 직접 울리는 것이 아니라 밖에서 안쪽을 향하여 울려온다는 의미를 갖는다. 이는 안에 있는 공간을 울림으로써 안이 자극을 받는다는 의미를 나타낸다. 만일 '안에 울려오는'이라고 하면 무엇을 통하여 직접 '안'이 울리는 느낌을 받는다. 시인은 몸이 그렇게 직접 울림을 전달받는 것보다 간접적으로 맑은 소리가 울리는 그 울림을 받고 싶은 것이다. 그래서 '에'를 쓰지 않고 '으로'를 썼을 것이다.

○ '에게'

'에게'는 행동이 미치는 대상을 나타내는 데 쓰인다. 우리는 이를 여격조사라고 부르는데 체언과 함께 필수부사어를 형성한다. '그가 나에게 선물을 보냈다.'에서 '나에게'가 '보내다'의 부사어인데 반드시 필요한 부사어이기 때문에 필수부사어인 것이다. 이 밖에도 '에게'의 용법이 더 있다. '에게'의 용법을 간단히 정리하면 아래와 같다.

- 행동이 미치는 대상을 제시: 친구에게 도착 소식을 알렸다.
- 당한 행위의 행위자를 제시: 남에게 무시당하지 마라. 형에게 뺨을 맞았다.
- 일어난 일의 당사자를 제시: 너에게 무슨 일이 있니?
- 소유의 주체를 제시: 나에게 돈이 좀 있다.

위 문장에서 보듯이 '에게'는 언제나 서술어를 행할 수 있는 능력을 갖춘 체언, 곧 사람이나 동식물에 붙는다. 무정물과 의사소통을 할 수 없기 때문에 무정물에는 붙이지 않지만 무정물을 의인화하는 경우에는 무정물에도 붙일 수 있다. '달님에게 물어본다.'처럼 쓸 수 있는 것이다. 그리고 입말에서는 '한테'를 '에게'와 같은 기능으로 사용하기도 한다. 즉, 위 예문에 쓰인 '에게' 대신에 '한테'를 써도 의미가 달라지지 않는다. '에게'가 글말에 또는 격식을 차린 말에 쓰인다면, '한테'는 입말에 주로 쓰인다.

바람과 노래

떠오르는 종다리 지종지종하매
바람은 옆으로 애끓이더라
서창(西窓)에 기대선 처녀
임에게 드리는 노래 바람결에 부치니
바람은 쏜살같이 남으로 불어가더라

목욕탕

유방도 볼기도
신 앞에 애인한테 숨기는 것도
모조리 보이도록
발가벗은 알몸뚱이

여기는 가면과 장식이
거짓과 시의가 없는 세계다

장미가 덮은 환영의 강물이
아름답게 흘러간다

수정보다도 깨끗하고 아름다운 세계다

'임에게'와 '애인한테'의 표현에는 미세한 차이가 있다. '임에게' 뒤에 높임의 의미를 가진 동사 '드리는'이 온 것도 자연스럽다. '임한테'보다는 '임에게'가 더 적절해 보인다. 이에 비해서 '애인한테'라고 한 것은 '임에게'보다 좀 가볍고 자유로운 느낌이 든다. '임'이 '애인'보다 더 무게가 있고 정중한 낱말이기 때문에 그에 맞추어 '에게'와 '한테'가 잘 어울리고 있는 것이다. 위 두 시는 명사에 적절한 조사를 가려 썼다고 볼 수 있다.

| '에게'의 높임말 '께'

앞에서 설명한 대로 사람을 높일 때 조사 '께'를 써야 한다. 그런데 그 높임의 정도에 따라서는 굳이 '께'를 쓰지 않을 수도 있다. 만일 '께'를 쓴다면 서술어의 어미에도 그에 상응하는 높임말을 써야 한다.

① 어머니에게 주었다.
② 어머니께 주었다.
③ 어머니께 드렸다.
④ 어머님께 드렸다.

③번 문장이 어머니를 잘 높인 표현이고, ④번 문장은 어머니를 가장 잘 높인 예이다. '주다'를 '드렸다'로 바꾸는 것은 '드리다'가 상대를 높이는 뜻을 가진 낱말이기 때문이다. 이처럼 한국어에는 단어 자체가 높임법이 포함된 예가 많다. 명사에도 있고 동사에도 있다. 참고로 명사와 동사에서 상대를 높일 때 쓰는 단어를 보면 아래와 같다. 괄호 안에 적은 것이 예사말이다.

| 높이는 명사

말씀(말), 병환(병), 서거(사망), 용안(얼굴), 진지(밥)

| 높이는 동사

계시다(있다), 드리다(주다), 모시다(데리고 있다), 여쭈다(말하다), 자시다(먹다), 잡수다(먹다), 주무시다(자다)

코스모스

김사인

누구도 핍박해본 적 없는 자의
빈 호주머니여

언제나 우리는 고향에 돌아가

그간의 일들을
울며 <u>아버님께</u> 여쭐 것인가

높임법의 일치를 이룬 시이다. '아버님께'는 높임을 나타내는
접미사 '-님'을 쓰고, 조사 '께'를 써서 완전히 '아버지'를 높였
다. 그리고 '말하다' 대신에 '여쭈다'를 써서 '아버지'를 높인
것도 높임의 일치를 이루는 데 유용했다.

° '더러'

'더러'가 조사로 쓰일 때에는 어떤 행동이 미치는 대상을 나
타낸다. 조사 '에게'와 그 쓰임새가 비슷하다.

① 동생이 언니<u>더러</u> 함께 놀자고 말했다.
② 손님이 주인<u>더러</u> 하루 묵게 해 달라고 청했다.

위 예문에서 '더러' 대신에 '에게'를 써도 의미 차이가 없다.
다만, 격식을 차리는 면에서 보면 '더러'가 '에게'보다 허물없
는 특징이 있다. 그 밖에도 이 두 조사는 구체적인 사용 환경
에서 약간의 차이를 보인다.

③ 그가 나<u>에게</u> 기쁜 소식을 전해 주었다.
④ 반장이 너<u>더러</u> 가라고 하더라.

③번 문장에서 '에게'를 '더러'로 대체할 수 없다. 이렇게 보면 '더러'는 여격을 나타내는 조사로는 사용할 수 없음을 알 수 있다. ④번 문장의 '더러'는 뒤에 오는 '가다'를 실제로 할 사람을 의미한다. 그런데 이 문장에서 '더러'를 '에게'로 바꾸면 중의성을 띠게 되어 오해할 소지가 있다.

⑤ 반장이 너에게 가라고 하더라.

⑤번 문장은 중의성을 가진다. 첫째 의미는 지시를 받은 사람이 '너'라는 뜻이다. 다른 말로 하면 가야 할 사람은 '너'가 되는 것이다. 이 경우에는 '에게'를 '더러'로 교체해도 된다. 둘째 뜻은 말하는 사람이 반장의 뜻에 따라서 상대방에게 와서 하는 말을 뜻한다. 여기서는 '너에게'가 가는 목적지를 가리킨다. 이런 경우에는 '에게'를 '더러'로 교체하면 안 된다. 뜻이 전혀 달라지기 때문이다.

내 가슴에 장미를

노천명

더불어 누구와 얘기할 것인가
거리에서 나는 사슴모양 어색하다.

<u>나더러</u> 어떻게 노래를 하라느냐
시인은 카나리아가 아니다.

제멋대로 내버려 두어 다오
노래를 잊어버렸다고 할 것이냐
밤이면 우는 나는 두견!
내 가슴속에도 장미를 피워 다오

이 시에서 '나더러 어떻게 노래를 하라느냐'는 내가 노래를
할 수 없음을 나타내는 표현이다. 이런 경우에는 '에게'보다
'더러'가 더 명확하게 의미를 전달해 준다.

○ '만큼'

'만큼'은 앞말과 비슷한 정도나 한도임을 나타내는 조사이다.
이 말은 의존명사로 쓰이기도 하고 조사로 쓰이기도 하기 때
문에 헷갈리기 쉽다. 의존명사로 쓰이는 경우에는 앞에 관형
어가 오고, 조사로 쓰이는 경우에는 앞에 체언이 온다. 따라
서 형태상으로 보면 의존명사로 쓰이는 경우에는 띄어쓰기
를 하여 독립적으로 적지만 조사로 쓰이는 경우에는 앞말에
붙여 적는다. 아래 두 문장을 보면서 '만큼'의 용법을 생각해
보자.

① 내가 일한 <u>만큼</u> 대가를 받겠다.
② 내가 한 일<u>만큼</u> 대가를 받아야 한다.

①번 문장은 '만큼' 앞에 '일한'이라는 관형어가 왔다. 따라서 이 '만큼'은 의존명사이므로 띄어쓰기를 해서 적는다. ②번 문장은 '만큼' 앞에 명사 '일'이 와 있다. 따라서 '만큼'은 명사 뒤에 붙여 쓴다. 이 경우는 조사로 보기 때문이다.

마려운 사람들

신동엽

마려운 사람들이 살고 있기 때문에
세상은 무서워 보이는 것이리

구름도 마려워서
저기 저 고개턱에 걸려 있나
고달픈 사람들이 살고 있기 때문에
세상은 고요한 전날 밤
역사도 마려워서
내 금 그어진 가슴 위에 종종걸음 치나

구름을 쏟아라

역사의 하늘
벗겨져라

오줌을
미국 땅 살 만큼의 돈만큼만
깔겨봤으면
너도 사랑스런 얼굴이

이 시의 밑줄 친 부분에 쓰인 두 '만큼'이 '만큼'의 문법적 기능을 잘 보여 준다. '살 만큼'의 '만큼'은 의존명사이기 때문에 앞에 관형어가 오고, '돈만큼만'의 '만큼'은 조사이기 때문에 체언이 왔다. 따라서 띄어쓰기도 의존명사는 띄어 썼고, 조사는 붙여 썼다. 시의 제목으로 쓰인 '마렵다'는 '오줌'이나 '똥' 같은 것을 누고 싶은 느낌이 있다는 뜻을 가진 형용사로서 대체로 이들 체언과 함께 쓰이는데 이 시에서는 홀로 쓰였다. 무언가 배설하고 싶은 욕망을 가진 것을 의미한다. 우리 사회는 구름도 역사도 사람도 배설 욕구를 참고 있는, 불만이 팽배한 사회이다. 시인은 그 욕구를 해소할 방법을 찾고 있는 것이다.

서술어와 서술격조사 '이다'

'이다'를 조사로 보는 독특한 문법 때문에 일반인들은 퍽 곤혹스러울 수도 있을 것 같다. 이것을 조사로 보든 다른 품사로 보든 상관없이 시에서 이 말이 어떻게 쓰이는지 검토해보려고 한다. '이다'는 명사, 대명사, 수사 뒤에 쓰이므로 조사가 되는데 어미 형태에 따라서 '이다'의 모습도 매우 다양하게 변한다.

'이고', '이니', '이며' 같은 형태는 모두 조사 '이다'의 활용형이다. 받침이 없는 체언 뒤에서는 '이다'를 쓰지 않고 '다'만 쓴다. '다'의 문법적 지위를 무엇으로 볼 것인지는 학자에 따라서 의견이 다를 수 있다. 학교 문법에서는 '다'를 어미로 본다. 즉, '이다'의 어간이 생략되어 어미만 남은 형태로 보는 것이다. 따라서 실제 '다'만 쓰인 경우라도 서술격조사 '이다'가 어간이 생략된 상태로 남았다고 보면 된다.

- 여기가 내 고향이다. (서술격조사 '이다')
- 나는 네 친구다. ('이다'의 어미만 쓰인 형태)
- 여기는 사무실이고, 여기는 전시실이네. ('이다'의 활용형)
- 우리는 한 가족입니다. ('이다'의 하십시오체)

촛불

황금찬

촛불!
심지에 불을 붙이면
그때부터 종말을 향해
출발하는 것이다

어두움을 밀어내는
그 연약한 저항
누구의 정신을 배운
조용한 희생일까

존재할 때
이미 마련되어 있는
시간의 국한을
모르고 있어
운명이다

한정된 시간을
불태워 가도
슬퍼하지 않고
순간을 꽃으로 향유하며

춤추는 불꽃……

이 시에서 '것이다', '희생일까', '운명이다'에 쓰인 '이다'가 서술격조사이다. '일까'는 '이다'의 활용형으로서 의문형 종결어미가 붙은 형태이다. 특히 '운명이다'는 서술어이기 때문에 주어가 필요하다. 즉, '무엇이' 운명인지 알게 해 주어야 하는 것이다.

이 시는 '촛불의 운명'을 말하고 있기 때문에 무엇이 촛불의 운명인지 암시해 주는 시라고 생각하면 될 것 같다. 시인은 '존재할 때부터 종말이 마련되어 있음'을 촛불의 운명이라고 말하는 것 같다. 그리고 그 운명에 아랑곳하지 않고 자신을 태우는 촛불의 모습을 노래한 시임을 알 수 있다. '이다'를 이용해서 서술어를 만들면 그 서술어가 매우 단정적이고 힘이 있게 느껴진다.

자유

김남주

만인을 위해 내가 일할 때 나는 자유
땀 흘려 함께 일하지 않고서야
어찌 나는 <u>자유이다</u>라고 말할 수 있으랴

만인을 위해 내가 싸울 때 나는 자유
피 흘려 함께 싸우지 않고서야
어찌 나는 <u>자유이다</u>라고 말할 수 있으랴

만인을 위해 내가 몸부림칠 때 나는 자유
피와 땀과 눈물을 나눠 흘리지 않고서야
어찌 나는 <u>자유이다</u>라고 말할 수 있으랴

사람들은 맨날
겉으로는 자유여, 형제여, 동포여! 외쳐대면서도
안으로는 제 잇속만 차리고들 있으니
도대체 무엇을 할 수 있단 말인가
도대체 무엇이 될 수 있단 말인가
제 자신을 속이고서

이 시에 쓰인 '자유이다'는 형식적으로는 문제가 없지만 의미적으로는 생각하기 어렵다. 주어 '나는'과 서술어 '자유이다'는 서로 층위가 다른 명사이기 때문에 이렇게 '나'를 서술할 수는 없다. 그러나 우리는 이런 표현을 곧잘 쓴다. '나는 자유이다'는 '나는 자유로운 사람이다.' 또는 '나는 자유롭다.' 같은 의미를 나타낼 수 있는 것이 한국어의 특징이라고 말할 수 있다. '나는 자유이다'를 '나는 자유다'라고 쓸 수도 있다. 이렇게 쓴다면 '나는 자유다'의 '다'는 '이다'의 종결어미로 본다. 받침 없는 체언 뒤에서 '이다'는 '다'만 쓰는 것이 관행이다. '이다'의 용도로 보면 아래의 표현은 참 황당하지만 이것도 한국어의 한 표현임이 분명하다.

① 나는 별로<u>다</u>.
② 나는 비빔밥<u>이야</u>.

①번 문장은 탐탁하지 않음을 표현한 문장이다. 다른 사람은 맛있다고 해도 나는 그리 맛이 없다고 생각하는 뜻을 표현할 때 이렇게 말할 것이다. ②번 문장은 비빔밥을 주문하겠다는 의사 표시를 하는 것이다. 각자 주문하는 음식 이름을 댈 때 쓰이는 표현이다. 어찌 보면 황당한 표현을 자유자재로 하는 것이 한국어를 능란하게 사용하는 것으로 볼 수도 있다.

| "여보, 쌀은 전라북도래요."

이 말은 전라북도 군산-만경 구간의 도로변에 세워진 선전탑에 적힌 문구이다. 서해안고속도로를 달리다가 본 것인데, 아마 '여보, 전라북도 쌀이 최고래요.'라는 의미로 쓴 것일 거다. 물론 일반 문법으로는 설명이 안 되는 문장이다. '쌀=전라북도'라는 표현이 성립할 수 없기 때문이다.

한국인이 이런 말을 아무 거리낌 없이 사용하는 것은 규범에 얽매이지 않고 자신을 표현하는 대담함에 익숙한 탓일 것이다. 문법을 지키다가도 그 문법을 과감하게 탈피하는 표현을 만들어 내는 능력이 한국인의 자유로운 영혼을 대변하는 것이 아닐까 생각해 본다.

영어 문형은 잘 짜여 있어서 결코 허물어지지 않지만 한국어 문형은 이처럼 가볍게 허물어질 수 있는 특징이 있다는 점을 알고 이에 적응하지 않으면 한국어를 잘한다고 볼 수 없다. 한국어가 얼마나 놀라운 언어인지 한국인이 얼마나 놀라운 사람들인지 딱히 말하기 어렵지만 참 대단한 능력인 것만은 분명하다. 이런 언어 능력이 한국인의 창의성 또는 혁신성을 뒷받침해 주는 특성이 아닐지 생각해 본다. 이건 어디까지나 나의 추론일 뿐이다.

독립어와 호격조사 '야/아', '여/이여'

독립어는 문장과 독립적으로 쓰는 단어나 어구이다. 독립어를 문장과 구분하기 위해서 독립어 뒤에는 쉼표를 붙인다. 독립어에는 감탄사가 주로 사용되지만 체언에 호격조사를 붙여 감탄사처럼 사용하기도 한다. 체언에 붙는 호격조사로는 체언에 받침이 없으면 '야', 받침이 있으면 '아'를 붙이는데 이는 손아랫사람이나 동년배를 가리키는 명사나 대명사 뒤에 쓰고, 그 사람을 조금 정중하게 높이고자 할 때에는 받침이 없는 체언 뒤에 '여', 받침이 있는 체언 뒤에 '이여'를 붙인다.

- 바다야, 어쩌란 말이냐!
- 고향의 산아, 들아, 내가 왔다.
- 여기 묻힌 독립지사여, 부디 편안히 영면하시라.
- 신이여, 우리를 돌보소서.

엄마야 누나야

김소월

<u>엄마야</u> <u>누나야</u> 강변 살자.
뜰에는 반짝이는 금모래빛,
뒷문 밖에는 갈잎의 노래,
<u>엄마야</u> <u>누나야</u> 강변 살자.

이 시에 호격조사 '야'를 쓴 이유는 앞의 명사가 모두 모음으로 끝나 받침이 없기 때문이다. 만일 받침이 있는 명사였다면 '아'를 썼을 것이다. '엄마' 뒤에 '야'를 붙인 것은 아이의 표현이다. 손윗사람을 뜻하는 체언 뒤에는 호격조사를 생략한다. 상대를 정중하게 높이려면 '여/이여'를 붙인다.

빈집

기형도

사랑을 잃고 나는 쓰네

잘 있거라, 짧았던 <u>밤들아</u>
창밖을 떠돌던 겨울 <u>안개들아</u>
아무것도 모르던 <u>촛불들아</u>, 잘 있거라

공포를 기다리던 흰 종이들아
망설임을 대신하던 눈물들아
잘 있거라, 더 이상 내 것이 아닌 열망들아

장님처럼 나 이제 더듬거리며 문을 잠그네
가엾은 내 사랑 빈집에 갇혔네

이 시에는 '아'가 호격조사로 쓰였다. '들'에 받침이 있어서
'야'가 아니라 '아'로 표현했다. 무정명사인 '밤', '안개', '촛불',
'종이', '눈물', '열망'에 호격조사를 붙인 것은 이것들을 의인
화하였기 때문이다.

| 보조사로도 쓰이는 '야'

'야'는 호격조사 외에 강조를 나타내는 보조사로도 쓰인다.
형태는 같지만 기능이 다르다는 말이다. 이와 관련하여 아래
시를 감상해 보자.

떠나가는 배

박용철

나 두 야 간다
나의 이 젊은 나이를

눈물로야 보낼 거냐
나 두 야 가련다.

아늑한 이 항군들 손쉽게야 버릴 거냐
안개같이 물 어린 눈에도 비치나니
골짜기마다 발에 익은 묏부리 모양
주름살도 눈에 익은 아, 사랑하는 사람들

버리고 가는 이도 못 잊는 마음
쫓겨 가는 마음인들 무어 다를 거냐
돌아다보는 구름에는 바람이 혜살짓는다
앞 대일 언덕인들 마련이나 있을 거냐

나 두 야 가련다
나의 이 젊은 나이를
눈물로야 보낼 거냐
나 두 야 간다.

'나두야', '눈물로야', '손쉽게야'에 쓰인 '야'는 호격조사가 아
니라 강조의 뜻을 나타내는 보조사이다. '나도(두)야'는 '나'에
보조사 '도'와 '야'가 겹친 형태이다. 여기에서 '야'를 제거하
여 '나도', '눈물로', '손쉽게'라고 해도 문법적으로 문제되지
않는다. 보조사 '야'는 문법적 기능보다는 강조하는 용법으로

쓰인 것을 알 수 있다. 아래 문장들을 보면 '야'가 강조 용법
으로 쓰이는 경우를 더 잘 이해할 수 있을 것이다.

- 그런 거야 나도 할 수 있겠다. (받침 없는 말 뒤에)
- 너야 합격이지. (받침 없는 말 뒤에)
- 국이야 나도 끓일 수 있다. (받침 있는 말 뒤에)
- 형이야 못 가지. (받침 있는 말 뒤에)

3장

접속

조사

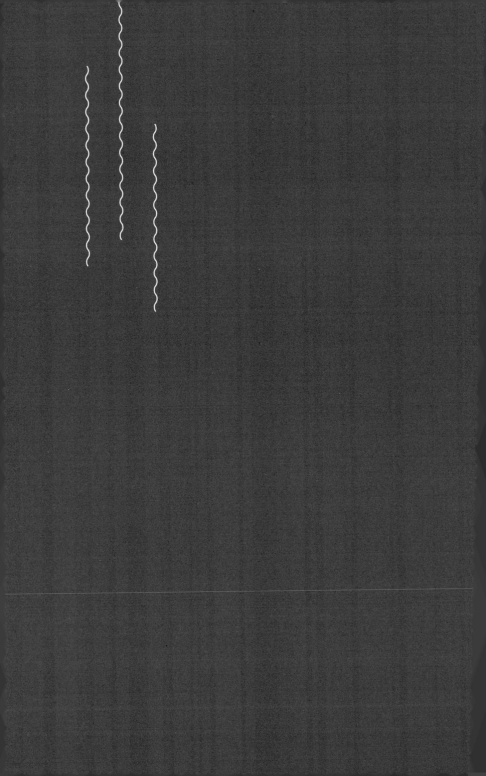

접속조사란

둘 이상의 체언이나 명사구를 같은 자격으로 이어 주는 구실을 하는 조사를 접속조사라고 부른다. '와/과', '하고', '랑/이랑', '나/이나' 따위가 있다. 접속조사는 부사격조사나 보조사로도 쓰이는 특징이 있다.

- ① 영희와 순희가 함께 학교에 가고 있다.
- ② 나는 영희와 친하다.
- ③ 너하고 나하고 영화관에 가자.
- ④ 나는 너하고 놀고 싶다.
- ⑤ 우리는 할머니 집에서 사과랑 배랑 먹었다.
- ⑥ 너희는 우리랑 가는 게 좋을걸.
- ⑦ 선생님은 너나 나에게 일을 시키려 하신다.
- ⑧ 이건 너나 가져라.

위에 짝지어진 두 문장에 사용된 조사의 기능을 살펴보자. ①번 문장에 쓰인 '와'는 접속조사로 쓰인 예이다. 두 명사 뒤에 조사가 붙은 것을 보면 알 수 있다. 이에 비해 ②번 문장에 쓰인 '와'는 부사격조사로 쓰였다. 마찬가지로 ③번 문장과

⑤번 문장에 쓰인 '하고'와 '랑'은 접속조사로 쓰였고, ④번 문장과 ⑥번 문장에 쓰인 '하고'와 '랑'은 부사격조사로 쓰였다. 특히 '하고'와 '랑/이랑'은 앞뒤 체언에 다 붙는 특징이 있다. 다른 접속조사는 앞의 체언에만 붙는다. ⑦번 문장에 쓰인 '나'는 접속조사인데 의미상으로는 두 체언 중에서 어느 하나를 선택하는 의미를 갖는다. ⑧번 문장에 쓰인 '나'는 그것을 선택함을 나타내는 보조사이다.

접속조사로 연결된 두 명사는 당연히 하나의 문장 성분을 이룬다. ①번 문장과 ③번 문장의 두 명사는 주어를 이루고, ⑤번 문장의 두 명사는 목적어를 이루고, ⑦번 문장의 두 명사는 필수부사어를 이룬다.

○ 접속조사 와/과

자유

조병화

공중을 날 수 있는 날개를 가진 새만이
자유를 살 수 있으려니

공중을 날며 스스로의 모이를 찾을 수 있는
눈을 가진 새만이

자유를 살 수 있으려니

그렇게 공중을 높이 날면서도
지상에 보일까 말까 숨어 있는 모이까지
찾아먹을 수 있는 생명을 가진 새만이
자유를 살 수 있으려니

아, 그렇게
스스로의 모이를 찾아다니면서
먹어서 되는 모이와
먹어서는 안 되는 모이를 알아차리는
민감한 지혜를 가진 새만이
자유를 살 수 있으려니

지상을 날아다니면서
내릴 자리와 내려서는 안 될 자리,
머물 곳과 머물러서는 안 될 곳,
있을 때와 있어서는 안 될 때를
가려서
떠나야 할 때 떠나는 새만이
자유를 살 수 있으려니

가볍게 먹는 새만이

높이 멀리 자유를 날으리.

이 시에서 '모이와', '자리와', '곳과', '때와'에 쓰인 '와/과'는 모두 접속조사이다. 두 명사를 아우르는 기능을 하기 때문이다.

하늘

오세철

눈과 마주치면 가장 좋아하는 하늘
구름 한 점 거느리지 못한
청아한 하늘이 좋다
늘 그렇게 파란 모습 욕심이 소망할 수
없을 것 같은 느낌으로
내 나이와 똑같은 하늘
언제부터인지 알 수는 없지만
내 마음을 송두리째 하늘에게 주어도
지금은 아깝지 않은 이유 잘 모르지만 마냥
가까이 가고 싶은 동정은 세상에서
흔하지 않은 빛을 담고 있기 때문이라서
저 하늘이 내 마음을 동요시켰을 것이다
회색 구름이 지나도 난 다시 만날 수 있다는
기대와 믿음에 산다

오늘도 내일도 청아한 하늘이 좋다

이 시에 '와/과'가 세 번 쓰였다. 그중에서 '눈과'와 '나이와'의 '과/와'는 부사격조사로서 필수부사어를 만들고 있고, '기대와'의 '와'는 '기대'하고 '믿음'을 연결하는 접속조사로 쓰였다.

| 중의적 표현
접속조사는 보조사와 혼동을 일으켜 두 가지로 해석될 수 있는 경우가 있다.

• 영희는 엄마와 동생을 찾으러 나섰다.

위 문장에서 '와'를 접속조사로 보면 영희가 엄마와 동생 두 사람을 찾으러 간 것으로 해석할 수 있다. 그러나 '와'를 부사격조사로 보면 영희와 엄마가 동생을 찾으러 갔다고도 해석하게 된다. 이런 경우에는 '와'가 어떤 기능을 하는 조사인지 맥락으로 파악하는 수밖에 없다. 이런 문제가 있다는 점을 글을 쓰는 사람이 미리 알고 중의성을 제거하기 위해서 노력할 필요가 있다.

• 영희는 엄마와 함께 동생을 찾으러 나섰다.

이렇게 쓰면 최소한 '와'가 부사격조사로 쓰였음을 알게 해 준다. 그러나 '와'를 접속조사로 쓰는 경우에는 중의성을 해소할 좋은 방법이 없다.

4장

보조사

보조사의 언어, 한국어

한국어는 보조사의 언어라고 말해도 과언이 아닐 정도로 보조사가 광범위하게 쓰인다. 보조사는 언어에서 약방의 감초 구실도 하지만 경기장의 치어리더 같은 기능도 한다. 없으면 허전하고 아쉽고 또 없으면 말이 좀 모나고 과격한 느낌이 든다. 시에 이런 보조사가 어떻게 쓰이는지 면밀히 볼 필요가 있다.

보조사는 격조사와 달리 정해진 격의 기능이 없이 다목적으로 쓰인다. 때로는 주어를 만들고, 때로는 목적어를 만들고, 때로는 격조사에 붙어서 의미를 첨가하기도 한다. 따라서 보조사가 생략되는 경우를 상상하기 어렵다. 격조사는 정해진 구실에 충실하게 사용되는데, 워낙 정해진 대로 쓰기 때문에 자주 생략된다. 누구나 격조사에 해당하는 조사를 알기 때문이다. 그에 비해 보조사는 생략할 수 없다. 보조사는 특별한 의미를 부여하기 때문에 이것을 생략하면 그 특별한 뜻을 표현해 줄 방법이 사라진다. 그러므로 섣불리 보조사를 생략하면 안 된다. 중요한 보조사를 하나씩 살펴보자.

'은/는'

보조사 '은/는'은 다른 것과 대조하는 의미를 나타내거나 설명해야 할 주체임을 나타내거나 강조할 대상임을 나타낼 때에 쓴다. '은/는'의 실제 기능을 아래 예문으로 검토해 보자.

① 나는 꿈 많은 학생이다.
② 그래도 밥은 먹어야지.
③ 사과는 샀지만 배는 사지 않았다.
④ 땅은 넓어도 쓸모는 없다.

①번 문장은 나를 특정해서 설명한다. 주어를 화제의 대상으로 삼아 설명하는 경우에는 보조사 '은/는'을 사용한다. ②번 문장은 '다른 것은 몰라도'의 의미를 가진다. 즉, 목적어 '밥'을 강조하는 것이다. ③번 문장은 사과와 배를 대비하는 문장이다. 두 명사를 대비할 때 보조사 '은/는'을 쓴다. ④번 문장은 형식적으로는 두 가지를 대비하지만 사실은 '땅'과 '쓸모'를 대비하는 것이 아니라 두 명사를 모두 강조하는 표현이다. 이제 이 기능들을 차례로 한번 보자.

°주제어 제시 기능

주제어란 대화나 연구에서 중심이 되는 대상을 가리킨다. 말하기 위해서 전면에 내세우는 것이 주제어이다. 대체로 주어와 일치하지만 주어 기능보다는 조금 더 폭넓은 기능을 수행한다. 아래 예문을 보면서 '은/는'의 주제어 제시 기능을 검토해 보자.

① 사람은 밥으로만 사는 것이 아니다.
② 오늘은 학교에 가야 한다.

①번 문장은 주어인 '사람'을 단순히 생물학적 또는 형태적으로 서술하는 문장이 아니다. 사람이 가지는 특별한 가치와 관련한 설명을 하고 있는 것이다. 이런 주어를 주제어라고 부른다. 이 문장은 형식적으로 '주어+보어+서술어' 구성을 하고 있으나 보어가 일반적인 의미의 보어가 아님을 알 수 있다. 오히려 '밥으로만 사는 것이 아니다' 전체가 '사람은'의 서술어 구실을 하고 있다. 이런 서술어를 취하는 주어를 특별히 주제어라고 부른다.

②번 문장은 형태상으로는 '주어+부사어+서술어'의 구성으로 보인다. 그러나 앞의 '오늘은'이 서술어의 주어가 될 수 없음을 알 수 있을 것이다. '학교에 가야 한다'의 주어는 생략되어 있고, '오늘은'은 생략된 주어가 '오늘' 무엇을 해야 하는지

말하기 위해서 제시하는 주제어인 것이다.

③ 이 사람은 아니야.
④ 여기 둘은 짜장면, 저기 셋은 짬뽕이에요.

③번 문장은 참 묘한 구성을 하고 있다. 형태상으로 보면 '주어+서술어' 구성이지만 서술어가 주어를 설명하는 것은 아니다. 원래 '주어+보어+서술어'의 구성일 문장에서 보어를 뺀 형태라고 볼 수 있다. 보어가 좀 민감한 것이어서 뺐지만 듣는 사람은 짐작할 수 있는 내용이다. '이 사람은 내가 찾는 사람이 아니야.', '이 사람은 여기에 맞는 사람이 아니야.' 같은 다양한 의미를 내포한다. 이럴 경우에 쓰는 주어를 주제어라고 부른다.

주제어는 그것 자체를 서술할 필요가 없다. ④번 문장은 우리가 식당에서 주문할 때 일상적으로 자주 쓰는 표현인데 문장 분석을 하기에는 참 고약한 점이 있다. 주어와 서술어가 너무 맞지 않기 때문이다. 여기에 쓰인 '여기 둘은'과 '저기 셋은'을 주제어라고 부른다. 이 문장은 주어를 직접 설명하는 것이 아니라 주어와 관련한 정보를 제공한다. 이런 주어를 주제어라고 한다.

이별은 미의 창조

이별은 미의 창조입니다.

이별의 미는 아침의 바탕[質] 없는 황금과 밤의 올[絲] 없는
검은 비단과 죽음 없는 영원의 생명과 시들지 않는 하늘의
푸른 꽃에도 없습니다.

님이여, 이별이 아니면 나는 눈물에서 죽었다가 웃음에서
다시 살아날 수가 없습니다. 오오, 이별이여.

미는 이별의 창조입니다.

이 시에서 주어 '이별은'과 '미는'이 주제어 구실을 하고, '이
별의 미는'은 단순한 주어 기능을 한다. 주제어를 잘 활용하
면 글의 맛과 깊이를 한층 돋보이게 할 수 있다.

| '은/는'의 신기한 기능

외국인이 한국어를 배울 때 당황하는 경우가 자주 있다고 한
다. 논리적으로 이해되지 않기 때문인데, 그중에서 보조사
'은/는'과 관련한 표현이 눈에 띈다. 아래 예문을 읽어 보면
왜 외국인이 당황하게 되는지 알 수 있을 것이다.

① 나는 술이 약해요.
② 치킨은 살쪄요.

①번 문장에서 주어 '나는'은 나의 생각이나 상태 또는 동작을 설명하기 위해서 제시하는 것이다. 그런데 '술이 약해요.'라는 말이 나온다. '나는 힘이 약해요.'나 '나는 술이 좋아요.'라는 말은 이해할 수 있는데 '술이 약해요.'라는 말은 이해하지 못하겠다는 것이다. 한국인은 '술이 약하다'의 의미를 잘 알기 때문에 이런 표현을 쓰지만, 외국인은 '술이 세지 않다'의 뜻, 곧 술의 도수가 낮다는 뜻으로 받아들인다. 그러니 '나는 술이 약해요.'라는 표현을 이해하지 못하는 것이다.

②번 문장 '치킨은 살쪄요.'라는 표현은 더욱 난해하다. 외국인들은 '치킨은 살이 많다'의 뜻으로 받아들이기 때문이다. 그러나 한국인은 이 말을 특별한 설명 없이도 잘 이해한다. 치킨을 먹으면 살이 찐다는 뜻으로 말이다.

이런 놀랄 만한 해석이 가능한 것은 보조사 '은/는'의 기능에 숨어 있다. '나는' 또는 '치킨은'이라고 말하는 것은 보통 뒤에 올 서술어의 주어를 설정하는 것으로 이해하게 된다. 외국인이라면 당연히 그렇게 생각하고 문장을 해석할 것이다.

그러나 한국인은 '나는' 또는 '치킨은'에 주제어를 제시하는 기능이 있다는 것을 안다. 즉, '나는', '치킨은'이라고 던져 놓고 그 안에서 내면의 문법을 구성한 뒤에 필요한 것만 제시하는 것이다. 예를 들면 '치킨은'이라고 말하면서 속으로는 '치킨을 먹으면' 같은 문법이 내면에서 작동한 뒤에 핵심어인 '살쪄요'만 말하게 된다. 이런 표현을 가능하게 만드는 것이 주제어 기능이다.

°주격조사 대체 기능

아래 시에서 보조사 '은/는'이 주격조사 구실을 하고 있다. 이 기능은 앞에서 주격조사 '이/가'와 '은/는'의 차이에서 설명하였으니 참고하기 바란다. '은/는'이 주격조사를 대체하는 이유는 주어에 특별한 의미를 부여하고 싶기 때문이다. 아래 시에 그런 기능이 잘 드러나 있다.

모닥불

안도현

모닥불은 피어오른다
어두운 청과시장 귀퉁이에서
지하도 공사장 입구에서
잡것들이 몸 푼 세상 쓰레기장에서
철야농성한 여공들 가슴속에서
첫차를 기다리는 면사무소 앞에서
가난한 양말에 구멍 난 아이 앞에서
비탈진 역사의 텃밭 가에서
사람들이 착하게 살아 있는 곳에서
모여 있는 곳에서
모닥불은 피어오른다

얼음장이 강물 위에 눕는 섣달에
낮도 밤도 아닌 푸른 새벽에
동트기 십 분 전에
쌀밥에 더운 국 말아 먹기 전에
무장 독립군들 출정가 부르기 전에
압록강 건너기 전에
배부른 그들 잠들어 있는 시간에
쓸데없는 책들이 다 쌓인 다음에
<u>모닥불은</u> 피어오른다
언 땅바닥에 신선한 충격을 주는
훅훅 입김을 하늘에 불어넣는
죽음도 그리하여 삶으로 돌이키는
삶을 희망으로 전진시키는
그날까지 끝까지 울음을 참아내는
<u>모닥불은</u> 피어오른다
한 그루 향나무 같다

이 시의 '모닥불은 피어오른다'의 주어에 주격조사 '이'를 쓰지 않고 보조사 '은'을 쓴 것은 '모닥불'에 어떤 의미를 부여하려 하기 때문이다. 그것이 무엇인지 또 어떻게 해서 그런 의미를 드러내게 되는지 이해하는 것은 이 시를 읽는 또 다른 즐거움일 것이다. 이 시에서 '모닥불은'에 쓰인 보조사 '은'에 주목해 보자. 원래 '모닥불이 피어오른다'라고 하는 것이

자연스럽다. 실제 그런 장소에서는 으레 모닥불이 피어오르기 때문이다. 또 그렇게 쓰면 현장감이 있어 더 자연스럽기도 하다.

그러나 시인은 현실적으로 피어오르는 모닥불을 묘사하려고 이 시를 쓴 것이 아니다. 모닥불은 다른 그 무엇의 상징일 뿐이다. 그래서 그 상징이 이런 곳에서 피어오르게 되리라는 것을 은근히 말하고 있는 것이다. 이런 사람들이 모인 곳에서는 모닥불 같은 무엇(항거 또는 혁명의 불꽃 같은 것)이 피어오르게 된다는 말이다. 그래서 '모닥불은'이라고 쓴 것이다. 이 조사 하나로 이 시가 보이는 것을 묘사한 시가 아니라 시인이 말하고자 하는 바를 사람들에게 호소하고 있음을 알게 되는 것이다. 놀랍지 않은가.

대추 한 알

장석주

저게 저절로 붉어질 <u>리는</u> 없다.
저 안에 태풍 몇 개
저 안에 천둥 몇 개
저 안에 벼락 몇 개

저게 저 혼자 둥글어질 <u>리는</u> 없다.

저 안에 무서리 내리는 몇 밤
저 안에 땡볕 두어 달
저 안에 초승달 몇 낱

이 시의 힘은 '붉어질 리는 없다', '둥글어질 리는 없다'에 쓰인 보조사 '는'에서 나온다고 해도 과언이 아니다. 대추가 둥글고 붉게 익는 동안 겪었을 수많은 고난과 역경을 보조사 '는'으로 강렬하게 제시했기 때문이다. 아래 세 표현을 비교해 보자.

• 저게 저절로 붉어질 리 없다.
• 저게 저절로 붉어질 리가 없다.
• 저게 저절로 붉어질 리는 (절대) 없다.

주격조사를 생략한 것이나 주격조사를 쓴 것의 표현 강도 차이는 없다. 원래 주격조사는 표현의 강도보다는 문장의 완성에 초점을 맞추는 기능어이기 때문이다. 이에 비해서 '는'을 쓴 표현은 강력하다. 이 표현을 더 강력하게 하려면 '절대'나 '결코' 같은 부사어를 '없다' 앞에 넣으면 된다. 시인은 아마 이런 생각으로 보조사 '는'을 썼을 것이다. 그런 의지가 없었다면 주격조사를 생략한 표현을 써서 시를 부드럽게 만들지 않았을까?

°대조, 강조 기능

두 대상을 서로 비교하여 설명하려 할 때 보조사 '은/는'을 쓴다. 아래의 경우가 대표적인 예이다.

① 너는 공부를 잘하지만 나는 노래를 잘 부른다.
② 겨울은 춥고 여름은 덥다.
③ 사람은 가도 추억은 남는다.
④ 함께 가기는 해도 함께 하지는 않겠다.
⑤ 이대로는 갈 수 없다.
⑥ 네게도 희망은 있다.
⑦ 그렇게 놀기만 하면은 낙방할 수밖에 없다.

①~④번 문장처럼 대체로 두 대상의 특징이나 설명 내용을 비교하려 할 때 '은/는'을 유용하게 사용한다. ⑤~⑦번 문장은 '이대로', '희망', '하면'을 강조하기 위해서 보조사 '은/는'을 쓴 것이다.

청포도

이육사

내 고장 칠월은

청포도가 익어 가는 시절.

이 마을 전설이 주저리주저리 열리고,
먼 데 하늘이 꿈꾸며 알알이 들어와 박혀,

하늘 밑 푸른 바다가 가슴을 열고
흰 돛단배가 곱게 밀려서 오면,

내가 바라는 손님은 고달픈 몸으로
청포(靑袍)를 입고 찾아온다고 했으니,

내 그를 맞아, 이 포도를 따 먹으면
두 손은 함뿍 적셔도 좋으련.

아이야, 우리 식탁엔 은쟁반에
하이얀 모시 수건을 마련해 두렴.

'청포도가, 전설이, 하늘이, 바다가, 흰 돛단배가'에는 주격조
사 '이/가'를 썼는데, '칠월은, 손님은, 두 손은'에는 보조사
'은'을 썼다. 왜 굳이 보조사를 썼을까 생각해 보자. '칠월은'
은 칠월을 특정하여 설명하기 위함이어서 자연스럽다. 그에
비해 '손님은'에 보조사 '은'이 쓰인 것은 좀 특별하다. 대개
찾아오는 손님을 주어로 삼을 때 주격조사를 써서 '아무개가

찾아온다.'라고 표현할 것이다.

그런데 이 시에서는 보조사 '은'을 썼다. 시인은 '내가 바라는 손님'을 특별히 취급하기 위해서 보조사 '은'을 쓴 것이다. 다른 사람은 대충 옷을 입고 올지 모르지만, '내가 바라는 손님은' 청포를 입고 온다는 것이다. '고달픈 몸'과 '청포'를 대비시키면서 특별히 '청포'를 입는다는 것을 두드러지게 한다. 내가 기다리는 손님은 바로 그런 귀한 사람이라는 것이다.

마찬가지로 '두 손이 함뿍 적셔도 좋으련'이라 하지 않고 '두 손은 함뿍 적셔도 좋으련'이라고 한 것도 '두 손'에 특별한 의미를 두고자 했기 때문이다. 그를 위해 정성껏 청포도를 딴 두 손이어서 함뿍 적셔도 좋다는 의미를 담고 있는 것이다. 시인의 조사에 대한 감수성이 탁월함을 알 수 있다.

° 목적격조사 대체 기능

목적격조사 '을/를' 대신에 '은/는'을 쓸 때에도 특별한 의미가 추가된다. 즉, 그 목적어를 특별히 지적하여 포함하거나 배제하는 의미를 준다.

① 나는 본래 라면을 안 먹는다.
② 나는 본래 라면은 안 먹는다.

식탁에 있던 라면 한 봉지가 없어졌다. 형제가 없어진 라면을 가지고 서로 자기가 안 먹었다고 변명한다. 형은 ①번 문장처럼 말하고, 동생은 ②번 문장처럼 말한다. 신빙성을 떠나서 누구의 말이 더 강한 부정의 느낌을 줄까. 정답은 ②번이다. 동생의 답이 더 강력하다. ①번 문장은 원래 라면을 먹지 않는다는 말인데 이번엔 먹었을지 모른다. 그래서 의심을 받을 수 있다. 그러나 ②번 문장은 다른 것은 먹어도 라면은 먹지 않는다는 식습관을 말하는 것이어서 이번에도 안 먹었을 것이라는 생각을 하게 된다.

강우降雨

김춘수

조금 전까지 거기 있었는데
어디로 갔나,
밥상은 차려놓고 어디로 갔나,
넙치지지미 맵싸한 냄새가
코를 맵싸하게 하는데
어디로 갔나,
이 사람이 갑자기 왜 말이 없나,
내 목소리는 메아리가 되어
되돌아온다.
내 목소리만 내 귀에 들린다.

이 사람이 어디 가서 잠시 누웠나,
옆구리 담괴가 다시 도졌나, 아니 아니
이번에는 그게 아닌가 보다.
한 뼘 두 뼘 어둠을 적시며 비가 온다.
혹시나 하고 나는 밖을 기웃거린다.
나는 풀이 죽는다.
빗발은 한 치 앞을 못 보게 한다.
왠지 느닷없이 그렇게 퍼붓는다.
지금은 어쩔 수가 없다고,

이 시에서 '밥상은 차려놓고 어디로 갔나'의 '은'이 목적격조사 '을' 대신하여 쓴 보조사이다. 일반적으로 '밥상을 차려 놓고 어디로 갔나'라고 쓰는데 굳이 '을' 대신에 '은'을 쓴 것은 '밥상'이 차려진 상황의 특별함 때문이다. '밥상'은 차려져 있는데 그 밥상을 차린 사람은 보이지 않는다. 정작 보고자 하는 사람이 보이지 않는다.
이런 복잡한 감정을 보조사 '은'이 암시하고 있다. '을'로는 이런 감정을 표현할 수 없다. '을'은 너무나 일상적이고 자연스럽기 때문에 여느 때와 같은 상황을 표현할 때 쓰겠지만 지금은 보이지 않는 사람을 생각하면서 쓰는 것이어서 보조사 '은'을 써서 특별한 감정(여기서는 '아내를 볼 수 없는 안타까움')을 실은 것이다. 이처럼 보조사에는 특별함이 있다.

° 조사 뒤에서 의미를 덧붙이는 기능

보조사 '은/는'은 부사격조사 '에', '에서', '에게', '로' 등이나 보조사 '까지', '만' 뒤에도 붙는다. 이 경우에 어떤 뜻이 덧붙는지 알아보자.

① 학교에 가지 않았다.
② 학교에는 가지 않았다.
③ 톱으로 나무를 벤다.
④ 톱으로는 나무를 벤다.
⑤ 이것만 먹어라.
⑥ 이것만은 먹어라.

①번 문장은 다른 선입견 없이 학교에 가지 않은 사실만을 말하지만 ②번 문장은 다른 곳에 갔는지 안 갔는지 모르겠지만 최소한 학교에는 가지 않았다는 뜻을 나타낸다. 학교를 특정하여 부정하는 것이다. ③번 문장은 일반적으로 톱을 사용하여 나무를 벤다는 사실 또는 실제로 톱으로 나무를 베는 상황을 설명하는데, ④번 문장은 톱의 용도를 지정하여 말하는 뜻을 갖는다. ⑤번 문장은 먹을 것을 한정하는 문장이다. 이에 비해서 ⑥번 문장은 '다른 것은 안 먹더라도'의 의미를 내포하며 '이것'을 특정하여 강조한다. 이처럼 '은/는'은 체언을 특정하거나 지정하고자 할 때 사용한다.

작은 부엌 노래

문정희

부엌에서는
언제나 술 괴는 냄새가 나요
한 여자의 젊음이 삭아 가는 냄새
한 여자의 설움이
찌개를 끓이고
한 여자의 애모가
간을 맞추는 냄새
부엌에서는
언제나 바삭바삭 무언가
타는 소리가 나요
세상이 열린 이래
똑같은 하늘 아래 선 두 사람 중에
한 사람은 큰방에서 큰소리치고
한 사람은
종신 동침 계약자, 외눈박이 하녀로
부엌에 서서
뜨거운 촛농을 제 발등에 붓는 소리
부엌에서는 한 여자의 피가 삭은
빙초산 냄새가 나요
그런데 언제부터인가 모르겠어요

촛불과 같이
나를 태워 너를 밝히는
저 천형의 덜미를 푸른
소름끼치는 마고할멈의 도마 소리가
똑똑히 들려요
수줍은 새악시가 홀로
허물 벗는 소리가 들려와요
우리 부엌에서는……

이 시에서 '부엌에서는'의 보조사 '는'을 빼어 보면 이 보조사의 기능이 선명하게 드러난다. '는'을 쓰지 않으면 실제 부엌에서 그런 냄새가 나고 소리가 들림을 묘사하는 시가 된다. 그러나 '는'을 붙이면 대체로 부엌이라는 곳이라면 이런 일이 나타난다는 말로 바뀌는 것을 알 수 있다.

° 어미 뒤에서 의미를 덧붙이는 기능

일반적으로 보조사는 어미 뒤에 붙어 의미를 덧붙이는 기능을 수행한다. '은/는'도 어미 뒤에 붙어 '은/는'이 갖는 '특정하거나 강조하는 기능'을 수행한다.

보리수 밑을 그냥 지나치다

한혜영

가로등 너는 아득한 전생에
보리수나무였을지도 모를 일이다
뜨거운 발등 앞에 가부좌를 틀고 있는
석가를 물끄러미 굽어본 적이
있을지도 모를 일이다 그러다
고요히 흘러넘치는 그의 뇌수를
딱 한 방울 맛본 힘으로
무소의 뿔처럼 혼자서 여기까지
걸어왔는지 모를 일이다

가로등 황금열매가 실하게 익어 가는 밤
설령 네가 그 날의 보리수였다고 해도
기대하지는 마라
이 시대에 누가 네 앞에 가부좌를 틀고
부처가 되려고 하겠느냐?
너를 붙들고 오열하다가 발등
왈칵 더럽히는 석가들이 있을 뿐,
어쩌다 심각한 표정으로 혼자 가는 중생
있다손 치더라도
그는 전생에 너를 몰라보고 끄덕끄덕

이 시에서 '기대하지는'의 '는'이 어미 '-지' 뒤에 붙은 보조사
이다. 그런데 이 시에는 '보리수나무였을지도', '있을지도'가
쓰였고, 또 '걸어왔는지'도 쓰였다. 어미 '-을지' 뒤에 보조사
'도'가 쓰인 형태가 있고, '-는지'처럼 뒤에 보조사가 붙지 않
은 것도 있다. 뒤에 보조사가 붙지 않으면 본래의 어미 '-지'
나 '-는지', '-을지'의 기능에 따라서 의미가 확정된다.

그런데 여기에 보조사 '는'이 붙거나 '도'가 붙으면 이 보조사
의 의미가 보태어진다. 그래서 '다른 것은 몰라도 최소한 기
대하는 것은'의 뜻을 나타내게 된다. 그 행위 자체에 그치지
않고 다른 것과 관련하여 그 행위를 판단하게 하는 경우에
'는'이 유용하게 사용된다.

보조사 '도'

보조사 '도'는 더 보태거나, 둘 이상의 사물이나 상황을 포함하고 아우르거나 양보하여 허용함을 나타낸다. 때로는 극단적인 상황이거나 의외이거나 더 말할 필요가 없음을 나타내기도 한다. 놀라움이나 감탄, 실망을 강조할 때에도 쓰인다.

① 오늘도 날씨가 무척 덥구나.
② 여기에는 물도 없니?
③ 저는 이 자리도 괜찮아요.
④ 아무도 나가면 안 된다.
⑤ 그 말은 열 번도 더 들은 것 같다.
⑥ 돈도 명예도 다 잃었다.

①번 문장의 '오늘도'는 어제에 오늘을 보태는 의미이다. ②번 문장의 '물도'는 의외성을 강조하는 표현이기도 하고 실망감을 나타내는 것이기도 하다. ③번 문장은 양보나 허용을 뜻하는 서술어와 어울려 '다른 것은 물론이고'의 뜻을 보인다. ④번 문장은 극단적인 경우를 제시하는 뜻을 나타낸다. ⑤번 문장은 '더'를 강조하는 의미를 나타낸다. ⑥번 문장은

두 가지를 다 포함하는 뜻으로 두 명사에 모두 '도'를 붙였다. '도'는 명사나 대명사에 직접 붙어 주격조사나 목적격조사 기능을 수행하기도 하지만 부사나 어미의 뒤에 붙기도 한다. 어느 경우나 위에서 본 바와 같은 의미를 덧붙인다.

⑦ 나도 가겠다.
⑧ 이것도 먹어라.
⑨ 축구가 그렇게도 재미있니?

⑦번 문장의 '나도'는 주어로서 '나'를 포함하는 표현이고, ⑧번 문장의 '이것도'는 목적어로서 '그것'을 포함하는 뜻을 나타내며, ⑨번 문장의 '그렇게도'는 '그렇게'를 강조한다.

풀꽃

나태주

자세히 보아야
예쁘다

오래 보아야
사랑스럽다

<u>너도</u> 그렇다.

이 시에 쓰인 '도'는 기막히다. '도'는 '너'와 '풀꽃'을 같게 취급하도록 해 준다. 풀꽃을 어떤 마음으로 보면 이런 시가 만들어질까. 시인의 아름다운 마음이 와닿는다.

까치밥

송수권

고향이 고향인 줄도 모르면서
긴 장대 휘둘러 까치밥 따는
서울 조카아이들이여
그 까치밥 따지 말라
남도의 빈 겨울 하늘만 남으면
우리 마음 얼마나 허전할까
살아온 이 세상 어느 물굽이
소용돌이치고 휩쓸려 배 주릴 <u>때도</u>
공중을 오가는 날짐승에게 길을 내어주는
그것은 따뜻한 <u>등불</u>이었으니
철없는 조카아이들이여
그 까치밥 따지 말라
사랑방 말쿠지에 짚신 몇 죽 걸어놓고

할아버지는 무덤 속을 걸어가시지 않았느냐

그 짚신 더러는 외로운 길손의 길보시가 되고

한밤중 동네 개 컹컹 짖어 그 짚신 짊어지고

아버지는 다시 새벽 두만강 국경을 넘기<u>도</u> 하였으니

아이들아, 수많은 기다림의 세월

그러니 <u>서러워하지도</u> 말아라

눈 속에 익은 까치밥 몇 개가

겨울 하늘에 떠서

<u>아직도</u> 너희들이 가야 할 머나먼 길

이렇게 등 따숩게 비춰주고 있지 않으냐.

이 시에 쓰인 다섯 개의 '도'는 기능이 조금씩 다르다. 각 경우의 의미를 제시하면 아래와 같다.

- 고향인 줄<u>도</u> 모르면서 (명사 뒤에: 강조)
- 배 주릴 때<u>도</u> (생략된 조사 '에' 뒤에: 포함)
- 국경을 넘기<u>도</u> 하였으니 (어미 '-기' 뒤에: 포함)
- 서러워하지<u>도</u> 말아라 (어미 '-지' 뒤에: 강조)
- 아직<u>도</u> 너희들이 가야 할 머나먼 길 (부사 뒤에: 강조)

이처럼 보조사 '도'는 명사, 부사, 조사, 어미 뒤에 쓰여 포함이나 강조의 의미를 나타낸다.

보조사 '만'

무엇을 한정하거나 제한하는 의미를 보태기 위해서 보조사
'만'을 쓴다. '만'이 때로는 강조하는 뜻도 나타내고 양보할 수
있는 최후의 한계임을 나타내기도 한다.

- 나는 수학만 좋아한다. (한정)
- 하루 종일 잠만 자니? (한정)
- 십 분만 쉬게 해 주세요. (최후 한계)
- 그렇게만 해 준다면 더 바랄 것 없겠다. (강조)

또한 보조사 '만'은 다른 요소와 결합하여 정도나 조건을 나타
내기도 한다.

- 집채만 한 파도가 밀려왔다. (정도)
- 너는 엄마만 보면 떼를 쓰니? (조건)

껍데기는 가라

껍데기는 가라.
사월도 알맹이만 남고
껍데기는 가라.

껍데기는 가라.
동학년(東學年) 곰나루의, 그 아우성만 살고
껍데기는 가라.

그리하여, 다시
껍데기는 가라.
이곳에선, 두 가슴과 그곳까지 내논
아사달 아사녀가
중립(中立)의 초례청 앞에 서서
부끄럼 빛내며
맞절할지니

껍데기는 가라.
한라에서 백두까지
향그러운 흙가슴만 남고
그, 모오든 쇠붙이는 가라.

이 시에 쓰인 '알맹이만', '아우성만', '흙가슴만'은 그것들에 한정하고 다른 것은 배제함을 나타낸다. 둘 가운데 하나를 선택하고 다른 것을 버릴 때나 여럿 가운데 하나를 선택하고 나머지를 버릴 때, 선택한 것에 '만'을 붙인다. 이 경우에 선택되지 않은 것에는 보조사 '는/은'을 붙여 주어나 목적어를 만든다.

• 너만 따라오고 너희는 여기서 기다려라. (선택과 배제)
• 이것만 먹고 저것들은 남겨 두어라. (선택과 배제)

시인이 남으라고 한 것은 '사월의 알맹이', '곰나루의 아우성', '향그러운 흙가슴'이고, 물러가라고 한 것은 '사월의 껍데기', '동학년의 껍데기', '쇠붙이'이다. 시인이 생각하는 알맹이가 무엇이고 껍데기가 무엇인지 음미해 볼 가치가 있을 것 같다.

들국

김용택

산마다 단풍만 저리 고우면 뭐 헌다요
뭐 헌다요. 산 아래
물빛만 저리 고우면 뭐 헌다요

산 너머, 저 산 너머로
산그늘도 다 도망가불고
산 아래 집 뒤안
하얀 억새꽃 하얀 손짓도
당신 안 오는데 뭔 헛짓이다요.
뭔 소용이다요. 어둔 산머리
초생달만 그대 얼굴같이 걸리면 뭐 헌다요
마른 지푸라기 같은 내 마음에
허연 서리만 끼어가고
저 달 금방 져불면
세상길 다 막혀 막막한 어둠 천지일 턴디
병신같이, 바보 천치같이
이 가을 다 가도록
서리밭에 하얀 들국으로 피어 있으면
뭐 헌다요, 뭔 소용이다요.

이 시에 쓰인 '만'은 선택과 배제가 아니라 오로지 그것만 선택됨을 나타낸다. '단풍만', '물빛만', '초생달만', '서리만'은 그것들이 선택되고 한정되었을 뿐, 배제된 것이 없다. '만'이 언제나 선택된 것 외의 것을 배제하는 표현을 갖는 것이 아님을 의미한다. 특히 '허연 서리만 끼어가고'의 상황은 서리가 낀 상황을 선택한 것이라기보다는 서리가 낀 실제 상황에서 '차가워지는 자기 마음 상태'를 강조하는 의미가 강하다.

아래 두 예문의 차이를 생각해 보자.

① 마른 지푸라기 같은 내 마음에 허연 서리가 끼어 가고
② 마른 지푸라기 같은 내 마음에 허연 서리만 끼어 가고

①번 문장은 실제 그런 상황을 담담하게 또는 안타깝게 바라보는 느낌을 주는 데 비해서, ②번 문장은 어떤 것이 마음대로 되지 않고 있음을 암시하는 효과가 있다. 즉, '만'이 바람직하지 않은 것, 원하지 않는 것을 암시하기 위해서 쓰인 것이다.

| 보조사 '마는'의 준말인 '만'

어미 뒤에 붙는 '만' 중에는 보조사 '마는'의 준말 형태도 있다. 이 둘을 구별하는 눈을 갖추자.

① 우리를 가게만 해 주십시오. (보조사 '만')
② 내가 가지만 않는다면 안심하겠다. (보조사 '만')
③ 우승을 했지만 그리 기쁘지 않다. ('마는'의 준말)
④ 하기는 한다만 성공할 것 같지 않다. ('마는'의 준말)

①번 문장과 ②번 문장의 '만'은 이제까지 설명한 바와 같이 한정하는 기능을 가진 보조사이고, ③번 문장과 ④번 문장의 '만'은 어미 '-마는'의 준말 형태이다. '마는'은 '-지마는',

'-다마는', '-냐마는', '-랴마는'처럼 종결어미 뒤에 붙는 특징이 있다.

| 의존명사로 쓰이는 '만'

'만'의 형태로 쓰이지만 보조사 '만'과 다른 기능을 갖는 것이 두 개 있다. 아래의 예문에서 그 차이를 살펴보자.

① 일 년만 참아 다오. (한정하는 보조사 '만')
② 일 년 만에 학업을 마쳤다. (기간, 시간을 나타내는 '만')
③ 열 번 만에 성공했다. (횟수를 나타내는 '만')

①번 문장의 '만'은 이제까지 설명한 바와 같이 한정하는 기능을 가진 보조사이고, ②번 문장의 '만'은 기간이나 시간을 나타내는 단위명사와 함께 쓰는 의존명사이고, ③번 문장의 '만'은 횟수를 나타내는 단위명사와 함께 쓰는 의존명사이다. 의존명사는 앞말에 띄어 쓴다.

'까지'와 '마저'

'까지'와 '마저'는 보조사 '도'를 쓸 자리에 특별한 심리 상태를 추가하기 위해 사용하는 것들이다. 즉, 기존에 있는 것에 새로운 것을 추가하는 경우에 '도'를 쓰는데, 여기에 화자가 특별한 심리 상태를 암시하고자 할 때 '까지', '마저'를 사용하게 된다. 화자가 특별히 추가하여 암시하는 내용을 추측해 보면 아래와 같다.

① 그렇게까지 할 필요는 없잖아.
② 이제 거짓말까지 하니?
③ 이것마저 먹어라.
④ 너마저 나를 못 믿는군.

①번 문장은 범위의 끝을 나타낸다. 대체로 보조사 '부터'에 대응하는 수준을 나타낸다. ②번 문장도 범위의 끝을 나타내지만 그 끝이 극단적인 지점임을 의미한다. ③번 문장은 마지막 남은 것을 포함하는 표현이다. ④번 문장은 결코 포함되지 않으리라고 생각했던 마지막 남은 것이 예상 밖으로 포함된 것에 실망하는 의미를 나타낸다.

모란이 피기까지는

김영랑

모란이 피기까지는
나는 아직 나의 봄을 기다리고 있을 테요.
모란이 뚝뚝 떨어져 버린 날,
나는 비로소 봄을 여읜 설움에 잠길 테요.
오월 어느 날, 그 하루 무덥던 날,
떨어져 누운 꽃잎마저 시들어 버리고는
천지에 모란은 자취도 없어지고,
뻗쳐 오르던 내 보람 서운케 무너졌느니,
모란이 지고 말면 그뿐, 내 한 해는 다 가고 말아,
삼백예순 날 하냥 섭섭해 우옵내다.
모란이 피기까지는
나는 아직 기다리고 있을 테요, 찬란한 슬픔의 봄을.

이 시의 제목에 나온 '까지'가 범위의 끝을 나타내는 용도로 쓰였다. 기다림의 최후 범위를 지정한 것이다. '꽃잎마저'는 모란을 볼 기회가 완전히 사라졌음을 나타낸다. 마지막 희망의 소멸을 의미하는 것이다. 그래서 '마저'가 가장 적절한 보조사가 된다. 시인이 '까지'와 '마저'를 아주 적절하게 선택하여 사용한 것을 알 수 있다. 꽃잎마저 시들어 다시는 볼 수 없는 모란이지만 언젠가 다시 필 것이라는 희망을 가지고 그때

까지 기다리겠다고 한다. 조국의 독립을 기다리겠다는 의지
일 것이다.

직녀織女에게

문병란

이별이 너무 길다
슬픔이 너무 길다
선 채로 기다리기엔 은하수가 너무 길다
단 하나 오작교마저 끊어져 버린
지금은 가슴과 가슴으로 노둣돌을 놓아
면도날 위라도 딛고 건너가 만나야 할 우리,
선 채로 기다리기엔 세월이 너무 길다
그대 몇 번이고 잣고 푼 실올
밤마다 그리움 수놓아 짠 베 다시 풀어야 했는가
내가 먹인 암소는 몇 번이고 새끼를 쳤는데
그대 짠 베는 몇 필이나 쌓였는가
이별이 너무 길다
슬픔이 너무 길다
사방이 막혀 버린 죽음의 땅에 서서
그대 손짓하는 연인아
유방(순정)도 빼앗기고 처녀막(정절)도 빼앗기고

마지막 머리털까지 빼앗길지라도
우리는 다시 만나야 한다
우리들은 은하수를 건너야 한다
오작교가 없어도 노둣돌이 없어도
가슴을 딛고 건너가 다시 만나야 할 우리,
칼날 위라도 딛고 건너가 만나야 할 우리,
이별은 이별은 끝나야 한다
말라붙은 은하수 눈물로 녹이고
가슴과 가슴을 노둣돌 놓아
슬픔은 슬픔은 끝나야 한다, 연인아

은하수를 건널 수 있는 단 하나의 수단인 오작교가 끊어졌음을 표현할 때 '오작교마저'라고 하지 않으면 안 될 것이다. 이에 비해서 '유방도 빼앗기고 처녀막도 빼앗기고 마지막 머리털까지 빼앗길지라도'에 쓰인 '머리털까지'는 또 다른 상황을 암시한다.

만일 빼앗기지 않으려고 버티다가 이것저것 다 빼앗기고 마지막 남은 것이 머리털이었다면 '머리털마저'라고 쓰는 것이 제격이다. '머리털까지'는 그들이 이것저것 빼앗다가 심지어 머리털도 빼앗았음을 의미한다. 빼앗긴 사람의 마음을 표현한 것이 아니라 빼앗은 사람의 지독함을 드러내는 표현인 것이다. 이 시인도 '마저'와 '까지'를 신중히 선택하여 시를 지었음을 알 수 있다.

'조차'

'까지'가 범위의 한계를 나타내고 그 한계 마지막에 있는 것을 표현하기 위해서 '마저'를 쓴다면, '조차'는 그 한계 마지막에 있는 것을 포함하는 상황을 극단화하여 표현하는 경우에 쓴다. 대체로 그러면 안 되는 경우에 쓴다. 아래 예문을 통해서 '조차'를 사용하는 화자의 특별한 상황을 이해할 수 있을 것이다.

① 너무 무서워 숨 쉬기<u>조차</u> 어려웠다.
② 치매로 아내 얼굴<u>조차</u> 못 알아본대.
③ 독립군<u>조차</u> 홀대했던 정권이 올바른 정권이냐.

이처럼 '조차'는 당연한 것 또는 상식적인 것이 전혀 용납되지 못하는 극단적이면서 부적절한 상황이나 사물임을 나타내는 경우에 쓴다.

국립국어원의 《표준국어대사전》에 따르면 '조차'는 '좇+아'로 분석된다. 즉, '좇다'에서 파생한 조사로 보는 것이다. 조사 '부터'가 '붙+어'로 분석되는 것과 비슷하다.

바라춤

신석초

언제나 내 더럽히지 않을
티 없는 꽃잎으로 살어 여려 했건만
내 가슴의 그윽한 수풀 속에
솟아오르는 구슬픈 샘물을 어이할까나.

청산 깊은 절에 울어 끊긴
종소리는 아마 이슷하여이다.
경경히 밝은 달은
빈 절을 덧없이 비초이고
뒤안 으슥한 꽃가지에
잠 못 이루는 두견조차
저리 슬피 우는다.

아아, 어이하리. 내 홀로
다만 내 홀로 지닐 즐거운
무상한 열반을
나는 꿈꾸었노라.
그러나 나도 모르는 어지러운 티끌이
내 맘의 맑은 거울을 흐리노라.

몸은 설워라.
허물 많은 사바의 몸이여!
현세의 어지러운 번뇌가
짐승처럼 내 몸을 물고
오오, 형체, 이 아리따움과
내 보석 수풀 속에
비밀한 뱀이 꿈어리는 형역(形役)의
끝없는 갈림길이여.

구름으로 잔잔히 흐르는 시냇물 소리
지는 꽃잎도 띄워 둥둥 떠내려가것다.
부서지는 주옥의 여울이여!
너울너울 흘러서 창해에
미치기 전에야 끊일 줄이 있으리.
저절로 흘러가는 <u>널조차</u> 부러워라.

이 시를 읽으면 사바세계에서 사는 인간의 번뇌에 공감하지
않을 독자가 없을 것이다. 보통이라면 그냥 두견 우는 소리
로 들렸을 텐데 몹시 슬피 우는 소리로 들리는 이유는 내가
지금 특별한 상황에 처한 탓이다.
그래서 두견도 내 슬픔에 공감하여 저리 슬피 운다고 느낀
것이다. 나의 감정에 공감할 것 같지 않은 두견이 우는 것은
내 슬픔이 지극하기 때문일 것이다. '두견조차'의 '조차'는 예

상하지 못한 대상이 포함되었음을 나타낸다.

마찬가지로 시냇물이 덧없이 흐르는 것이 부러운 적이 없었지만 지금 내 상황이 특별하니 끊이지 않고 흐르는 시냇물도 부러움의 대상이 되었음을 '널조차'로 표현했다. '널조차'는 '너조차'에 'ㄹ'을 덧붙인 형태인데 이는 시인의 언어 습관에서 온 것이다.

병원

윤동주

살구나무 그늘로 얼굴을 가리고, 병원 뒤뜰에 누워 젊은 여자가 흰 옷 아래로 하얀 다리를 드러내 놓고 일광욕을 한다. 한나절이 기울도록 가슴을 앓는다는 이 여자를 찾아오는 이, 나비 한 마리도 없다. 슬프지도 않은 살구나무 가지에는 바람조차 없다.

나도 모를 아픔을 오래 참다 처음으로 이곳에 찾아왔다. 그러나 나의 늙은 의사는 젊은이의 병을 모른다. 나한테는 병이 없다고 한다. 이 지나친 시련, 이 지나친 피로, 나는 성내서는 안 된다.

여자는 자리에서 일어나 옷깃을 여미고 화단에서 금잔화

한 포기를 따 가슴에 꽂고, 병실로 사라진다. 나는 그 여자의 건강이—아니 내 건강도 속히 회복되기를 바라며 그가 누웠던 자리에 누워 본다.

위 시에 쓰인 '바람조차'는 유심히 살펴볼 필요가 있다. 왜냐하면 단순히 가지에 바람이 없음을 강조하는 데 그치지 않기 때문이다. 앞의 문장에서 '이 여자를 찾아오는 이, 나비 한 마리도 없다.'에서 여자를 찾아오는 사람이 없고, 나비 한 마리도 없다고 하여, '없음'의 느낌을 조금씩 강화하고 있고, 급기야 '살구나무 가지에는 바람조차 없다.'로 표현을 강화한 것이다. 보조사를 이용해서 상황의 절실함을 점층적으로 강화하는 방법을 택한 것이다.

가지에는 바람이 조금이라도 있는 것이 보통인데 지금은 그런 당연한 상태까지도 부정되었다. 이는 희망이 사라진 상황을 나타낸다. 다행히 여자가 금잔화 한 포기를 따 가슴에 꽂고 병실로 들어갔고, 시인은 여자가 누웠던 곳에 눕는다. 여자와 시인이 동일시되는 순간에 희망이 생긴다. 그래서 건강이 속히 회복되기를 바라게 된다.

밤

김소월

홀로 잠들기가 참말 외로워요
맘에는 사무치도록 그리워 와요
이리도 무던히
아주 <u>얼굴조차</u> 잊힐 듯해요.

벌써 해가 지고 어두운데요,
이곳은 인천에 제물포, 이름난 곳,
부슬부슬 오는 비에 밤이 더디고
바닷바람이 춥기만 합니다.

다만 고요히 누워 들으면
다만 고요히 누워 들으면
하이얗게 밀어드는 봄 밀물이
눈앞을 가로막고 <u>흐느낄</u> 뿐이어요.

이 시에서 '얼굴조차 잊힐 듯해요.'는 결코 잊힐 수 없는 얼굴이 잊힐 듯하다는 안타까운 감정을 표현한 것이다. 외로움 또는 그리움을 아주 직설적으로 표현했다. 이 시는 1922년 《개벽》에 발표되었다. 당시 제물포는 한국에서 가장 번성한 항구였다. 이 시끌벅적한 봄날의 항구에서 밤에, 비가 내리고, 바람이 차고, 시간이 더디 가는 중에, 바닷물이 밀려드는 소리를 '흐느낌'으로 받아들이는 시인의 심사가 '얼굴조차 잊힐 듯한' 그리움의 크기를 잘 드러내 준다.

'나/이나'

'나/이나'는 선택을 하면서 갖는 마음 상태를 드러내는 보조사이다. 그 태도는 대체로 마음에 차지 않음을 기본으로 한다. 그 외에도 다양한 마음 상태가 표현되는데 아래 예문을 보면서 생각해 보자.

① 영화나 한 편 보러 갈까?
② 너는 청소나 하고 있어라.
③ 자기가 대표나 되는 것처럼 말하더라.
④ 백두산에나 오른 듯이 으스댄다.
⑤ 나나 되니 너를 이해하지.
⑥ 지금 몇 시나 되었을까?
⑦ 짜장면을 세 그릇이나 먹었다.
⑧ 이것이나 저것이나 다 좋다.

①번 문장과 ②번 문장은 '나'의 전형적인 용법으로서, 대수롭지 않은 선택의 의미를 갖는다. ③번 문장과 ④번 문장은 비현실적인 선택임을 의미한다. ⑤번 문장은 최선의 자격이나 조건임을 나타낸다. ⑥번 문장과 ⑦번 문장은 정도를 어

림하거나 수량의 많음을 강조한다. ⑧번 문장은 어느 것을 선택해도 상관없음을 나타낸다. 이처럼 '나/이나'는 선택하는 마음 상태를 나타내는 데 적절하게 사용할 수 있다.

연보

이육사

'너는 돌다릿목에서 쥐 왔다'던
할머니의 핀잔이 참이라고 하자

나는 진정 강언덕 그 마을에
버려진 문받이였는지 몰라

그러기에 열여덟 새봄은
버들피리 곡조에 불어 보내고

첫사랑이 흘러간 항구의 밤
눈물 섞어 마신 술 피보다 달더라

공명이 마다곤들 언제 말이나 했나?
바람에 붙여 돌아온 고장도 비고

서리 밟고 걸어간 새벽길 위에
간(肝) 잎만이 새하얗게 단풍이 들어

거미줄만 발목에 걸린다 해도
쇠사슬을 잡아맨 듯 무거워졌다

눈 위에 걸어가면 자욱이 지리라고
때로는 설레이며 바람도 불지

위 시에서 '공명이 마다곤들 언제 말이나 했나?'가 시인의 진심을 가장 잘 표현한 말일 것이다. 자신이 공명을 마다한 일이 없지만 시절이 공명을 추구할 수 없을 만큼 엄중하여 시대가 요구하는 일을 하게 되었음을 암시하기 때문이다. 여기서 '말이나'의 조사 '이나'는 퍽 중요한 기능을 한다.

목적격조사 '을'의 자리에 보조사 '이나'를 쓴 것인데, 이것으로 시인의 참마음을 오롯이 표현한 것이다. '내가 공명을 싫어한다고 말이라도 했다면 지금의 상황이 나의 책임이 되겠지만 나는 그런 말을 한 적이 없다. 지금의 내 상황(독립운동을 하며 이국을 떠도는 상황)은 숙명적으로 받게 된 것이다. 조국이 망하지 않았다면 내가 겪지 않아도 될 일을 겪고 있는 것이다.'라는 의미를 강조하는 것이다.

시의 제목이 '연보'임을 감안한다면 이 시는 시인의 어린 시절부터 지금의 상황 그리고 장래의 모습을 읊은 것으로 볼

수 있다. 마지막 연에 쓰인 '눈 위에 걸어가면 자욱이 지리라
고/ 때로는 설레이며 바람도 불지'에서 우리는 독립운동으
로 지쳐 가는 시인의 비장한 마음을 읽을 수 있다. 서산대사
가 그러셨던가? 눈 위를 걷는 사람은 조심해서 걸으라고. 뒤
에 오는 사람이 그 발자국을 따라서 걷게 될 것이므로.

정치

최병두

그건 내 해보지 않아서 전혀 모르는 것입니다만
하지 않는 사람이 그걸 잘 모르고도 참 잘사는 것이
참 잘하는 것이랍디다.
하는 사람도 그걸 잘 모르면서 잘살게 하는 것이
참 잘하는 정치랍디다.

내 과문이기를 바랍니다만
시청 구두닦이를 하려 해도 정치를 잘해야 한다니
정치는 대통령이나 국회의원만이 하는 것이 아닌가 봅니다.
어디서나 아래서 위로 굽신거리는 그 처세가 정치라니
굽힐 머리가 없는 거기가 최상의 정치인가 봅니다.

위 시에는 '나/이나'가 두 번 쓰였다. '대통령이나'의 '이나'는

두 체언을 나열하는 기능을 하고, '어디서나'의 '나'는 부사격 조사 '에서' 뒤에 붙어 어떤 장소를 선택해도 상관없음을 나타낸다. 우리 사회의 정치 과잉 또는 정치의 왜곡을 비판한 시로 보인다.

| 보조사 '나'와 접속조사 '나'

같은 형태인 '나'가 보조사로도 쓰이고 접속조사로도 쓰인다. 아래 두 문장을 비교하면 금방 그 쓰임새를 구별할 수 있을 것이다.

① 그렇게나 저렇게나 우선 하고 보자. (보조사)
② 예나 지금이나 변한 게 없구나. (보조사)
③ 담배나 술은 삼가는 것이 좋겠다. (접속조사)
④ 나는 가수나 배우가 되고 싶다. (접속조사)

보조사 '들'

보조사 '들'은 문장의 주어가 복수임을 나타내기 위해서 쓰이는데, 보통 부사나 어미 뒤에 붙는다. 이 용법은 국어를 특징적으로 규정하게 만드는 것 중 하나로서 잘 활용할 필요가 있다. 한 가지 유념할 것은 보조사 '들'은 주어가 생략된 문장에서 주어를 복수로 인식하도록 만드는 기능을 한다는 점이다.

파장罷場

신경림

못난 놈들은 서로 얼굴만 봐도 흥겹다
이발소 앞에 서서 참외를 깎고
목로에 앉아 막걸리를 들이켜면
모두들 한결같이 친구 같은 얼굴들
호남의 가뭄 얘기 조합빚 얘기
약장수 기타소리에 발장단을 치다 보면
왜 이렇게 자꾸만 서울이 그리워지나

어디를 들어가 섰다라도 벌일까
주머니를 털어 색싯집에라도 갈까
학교 마당에들 모여 소주에 오징어를 찢다
어느새 긴 여름해도 저물어
고무신 한 켤레 또는 조기 한 마리 들고
달이 환한 마찻길을 절뚝이는 파장

이 시에서 '놈들', '얼굴들'에 쓰인 '들'은 앞의 체언을 복수로 만드는 접미사이지 보조사가 아니다. 부사어인 '모두'와 '마당에'에 붙은 '들'이 보조사이다. 이처럼 부사어에 붙어서 그 부사어가 꾸미는 서술어의 주어를 복수로 여기도록 기능을 하는 것이 보조사 '들'이다.

주어가 생략된 문장에서 부사어에 '들'을 붙여 주어가 복수임을 나타내는 표현법은 한국어의 매우 독특한 특징이다. 아래 ①번 문장은 그 장소에 오는 모든 사람을 다 아우르는 표현이고, ②번 문장은 거기에 있는 모든 사람에게 먹으라고 하는 표현이다.

① 어서들 오너라.
② 많이들 먹어라.

이 시에는 '들'의 중복 때문에 아쉬운 점이 있다. '모두들 한결같이 친구 같은 얼굴들'에서 앞에 '모두들'이라고 했으니

뒤에 '얼굴들'을 복수형으로 만들지 않아도 복수로 인식되기
때문에 '얼굴'에는 '들'을 붙일 필요가 없다.

꽃

유치환

가을이 접어드니 어디선지
아이들은 꽃씨를 받아 와 모으기를 하였다
봉숭아 금전화 맨드래미 나팔꽃
밤에 복습도 다 마치고
제각기 잠잘 채비를 하고 자리에 들어가서도
또들 꽃씨를 두고 이야기—
우리 집에도 꽃 심을 마당이 있었으면 좋겠다고
어느덧 밤도 깊어
엄마가 이불을 고쳐 덮어 줄 때에는
이 가난한 어린 꽃들은 제각기
고운 꽃밭을 안고 곤히 잠들어 버리는 것이었다

이 시에서 '또들'의 '들'이 보조사로 쓰였다. 아이들이 또 꽃씨
를 두고 이야기한다는 표현을 그렇게 한 것이다. '아이들'과
'꽃들'에 쓰인 '들'은 접미사이다. '또'에 보조사 '들'을 붙이는
경우는 흔치 않다. 아래 세 경우를 비교하여 어떤 표현이 이

시에 더 어울리는지 생각해 보자. 시인의 취향과 여러분의
취향을 비교해 보기 바란다. 모두 여러 사람이 이야기를 나
누는 의미를 나타낸다.

- 또들 꽃씨를 두고 이야기—
- 또 꽃씨를 두고들 이야기—
- 또 꽃씨를 두고 이야기들—

새벽이 올 때까지

윤동주

다들 죽어가는 사람들에게
검은 옷을 입히시오.

다들 살아가는 사람들에게
흰 옷을 입히시오.

그리고 한 침실에
가지런히 잠을 재우시오.

다들 울거들랑
젖을 먹이시오.

이제 새벽이 오면
나팔소리 들려올 게외다.

이 시에서 '다들'에 쓰인 '들'이 보조사이고, '사람들'의 '들'은
접미사이다. '다들'은 모두 '입히시오'와 '먹이시오'에 걸린다.
그러니까 이 시가 상대하는 사람들에게 지시하는 의미로 쓰
인 것이다. '사람들'에 쓰인 접미사 '들'은 죽어가는 사람이나
살아가는 사람이 복수임을 알리는 효과가 있다. 이 시의 지
시에 따를 상대방도 복수이고, 그 상대방이 옷을 입힐 대상
자도 복수임을 표현한 것이다. 이 시는 무척 엄숙한 이미지
를 나타낸다. 민족의 해방을 기다리는 시인의 절절함이 느껴
진다.

| '들'의 여러 용법

'들'은 문법적으로 보조사, 접미사 외에 또 다른 용법이 있다.
의존명사로서의 용법이 그것이다. 의존명사로서 쓰이는 '들'
은 '따위'나 한자어 '등'과 같은 의미를 나타낸다. 아래 예문에
서 '들'의 여러 용법을 확인하자.

① 그렇게들 말하니 내가 참겠다. (보조사)
② 아이들이 뛰어놀고 있다. (접미사)
③ 상에는 사과, 배, 감, 대추 들이 올라 있더라. (의존명사)

5장

시와

어미

시에서 어미가 중요한 것은

어미는 시에서 상당히 중요한 의미를 갖는다. 국어는 서술어가 문장의 끝에 오는 언어인데, 그 서술어가 어미로 끝나기 때문에 어떤 어미로 끝을 마무리하는가에 따라서 시의 각운이 형성되기도 한다. 한국의 시가 자유시이면서도 운율이 느껴지고 낭송의 맛을 보이는 이유는 어미를 적절하게 활용하기 때문이다. 아래 시에서 그런 맛을 감상할 수 있을 것이다.

보리피리
                          한하운

보리피리 불며
봄 언덕
고향 그리워
피-ㄹ닐니리.

보리피리 불며
꽃 청산(靑山)

어린 때 그리워
피―르닐니리.

보리피리 불며
인환(人寰)의 거리
인간사(人間事) 그리워
피―르닐니리.

보리피리 불며
방랑의 기산하(幾山河)
눈물의 언덕을 지나
피―르닐니리.

이 시는 전체적으로 짧은 행을 반복시키고, 글자 수를 맞추고, 어미를 맞추어 매우 음악적으로 읽을 수 있게 썼다. 마치 정형시를 보는 것 같다. 이 시에서 특히 주목할 만한 부분은 '불며'와 '그리워'의 반복인데 여기에 같은 어미의 반복이 시에 부드러움과 음악성을 추가하고 있다.

그러나 시에서 어미가 갖는 의미는 운율의 면에 국한하지 않고 그보다 훨씬 더 폭넓은 의미를 지닌다. 어미가 문장의 끝에만 오는 것이 아니라 모든 동사와 형용사의 끝에 붙기 때문에 어떤 어미가 왜 그런 형태로 붙는지 이해하는 것이 문법을 이해하는 데 매우 중요하다. 이 책에서는 어미의 운율

면이 아닌 기능과 용도를 깊이 있게 살펴보고자 한다.

향수

김상용

인적 끊긴 산 속
돌을 베고
하늘을 보오.
구름이 가고,
있지도 않은 고향이 그립소.

이 시에 쓰인 '끊긴', '베고', '보오', '가고', '있지도', '않은', '그립소'에는 사람들이 지나치기 쉬운 어미들이 저마다 자리를 빛내며 우리를 향하고 있다. 그럼 어떤 어미들이 무엇을 하고 있는지 눈여겨보자. '끊긴'에는 어미 '-ㄴ'이, '베고'에는 어미 '-고'가, '보오'에는 어미 '-오'가, '있지도'에는 어미 '-지도'가, '않은'에는 어미 '-은'이, '그립소'에는 어미 '-소'가 쓰였다. 이들 어미는 모두 문법적 기능을 하고 있다.

이제 이들을 비롯하여 시에 쓰인 어미의 문법적 기능을 공부하면서 시의 맛을 느껴 볼 때이다. 참고로 '-ㄴ'과 '-은'은 뒷말을 수식하기 위해 쓰이는 관형사형 전성어미이고, '-고'는 문장이나 단어를 대등하게 연결하는 대등적 연결어미이며, '-오'와 '-소'는 예사높임의 종결어미이다. '-지도'는 어미 '-지'에 보조사 '도'가 붙은 형태이므로 어미와 보조사를 함께 고려하면서 의미를 파악하여야 한다. '-지'는 보조적 연결 어미로서 본동사와 뒤에 오는 보조동사를 연결하는 기능을 맡는다.

이 짧은 시 속에 이렇게 다양한 어미가 사용되고 있다는 것이 놀랍지 않은가. 그러니 우리가 어미에 관심을 두지 않을 수 없는 것이다.

어미의 분류

앞 시에서 본 모든 어미는 우리가 일상적으로 어미라고 부르는 것들인데 학문적으로는 이를 어말어미라고 부른다. 그리고 이와 대비해서 쓰이는 어미로 선어말어미라는 것이 있다. 어말어미란 동사나 형용사를 형성하는 어미로서 각 단어의 끝에 붙기 때문에 붙여진 이름이다. '좋다', '먹는다', '보아라'에 쓰인 '-다', '-는다', '-아라'가 어말어미이다.

동사와 형용사는 어간과 어미의 결합으로 이루어졌다고 할때 이 어미가 어말어미를 가리킨다. 이에 비해서 '좋았고', '먹겠지만', '보시니'에 쓰인 어미 '-았고', '-겠지만', '-시니'에는 두 가지 어미가 섞여 있는데, 앞에 있는 '-았-', '-겠-', '-시-'를 선어말어미라고 부르고, 뒤에 있는 '-고', '-지만', '-니'를 어말어미라고 부른다.

선어말어미는 어말어미 앞에 붙어서 시제와 높임의 기능을 수행하고, 어말어미는 다양한 서법과 문법 기능을 수행한다. 일반적으로 어미라고 하면 어말어미를 일컫는다고 생각하면 된다. 어미는 연결어미, 종결어미, 전성어미로 나눈다. 연결어미는 용언과 용언을 연결하거나 용언과 체언 또는 문장과 문장을 연결하는 기능을 하고, 종결어미는 문장을 끝맺는 기능을 하며, 전성어미는 동사와 형용사를 관형사, 부사, 명사처럼 쓰이도록 품사 역할을 바꿔 주는 기능을 한다. 이 세 용어에 관해서 설명한 뒤에 선어말어미를 살펴보겠다.

° 연결어미

동사와 동사 또는 형용사와 형용사를 연결하거나 문장과 문장을 연결하는 어미를 가리킨다.

① 울돌목은 바다가 좁고 깊어서 물살이 매우 급하다.
② 지금은 서두르고 서둘러야 겨우 제시간에 마칠 수 있다.
③ 해가 지면, 잘 곳을 찾아야지.
④ 나는 곧장 돌아오고, 동생은 뒤에 오기로 했다.

①번 문장은 두 개의 형용사를 어미 '-고'로 연결한 모습이다. ②번 문장은 할 행동을 두 개 나열한 모습이다. ③번 문장은 앞말 '해가 지다'가 조건이 되어 뒷말이 이루어지도록 연결되어 있다. 앞의 문장을 종속절, 뒤의 문장을 주절이라고 한다. ④번 문장은 두 문장이 독립적으로 대등하게 연결되어 있다.

° 종결어미

국어의 모든 문장은 종결어미가 나타나야 끝난다. 서술어에 연결어미가 붙어 있으면 아직 문장이 끝나지 않고 다음 문장이 이어짐을 의미하고, 전성어미가 붙어 있으면 바로 뒤에 명사나 대명사 같은 단어가 오게 되어 있다. 오직 종결어미가 붙어야 한 문장이 끝난다.

그런데 종결어미는 다양한 기능을 동시에 발휘한다. 묻는 말인지 지시하는 말인지 그냥 설명하는 말인지 분간하는 것은 종결어미의 형태로 알 수 있는데 이 원리를 서법이라고 부른다. 그리고 동시에 이 종결어미로 말하는 사람이 상대를 얼마나 배려하는지 파악할 수 있다. 이른바 높임법이 종결어미에 녹아 있기 때문이다.

한국인은 종결어미를 잘 쓰지 않으면 인간관계에서 낭패를 당하기 쉽다. '빨리 가라.'와 '빨리 가네.'를 구별하지 못해서 엉뚱한 대응을 한다면 얼마나 큰 낭패를 당하겠는가. '날씨가 좋다.'와 '날씨가 좋아요.'의 차이를 모르면 상대에게 봉변을 당할 수 있다.

시에서는 연결어미로 끝내기도 하고 아예 서술어도 생략되는 일이 허다해서 이런 정도의 낭패를 당하지는 않겠지만 그래도 디테일의 차이를 몰라 시 감상을 그르칠 수 있다. 시 문장에서는, 연결어미로 끝을 맺는 경우에, 그 연결어미에 이어져야 할 문장을 독자들이 생각할 수 있도록 여백을 주는 경우가 많다. 그러므로 독자들은 어미가 시사하는 바를 여러 각도에서 유추할 수 있는 능력을 갖춰야 한다.

○ 전성어미

우리는 어떤 물체를 보면 반드시 그 물체의 형태나 동작을 연결하여 표현하려는 욕구를 갖는다. 봄에 온갖 꽃이 피었는데 그 꽃을 예쁘다고 표현하면서 거기에 덧붙는 생각을 나타내려 할 때, '꽃이 예쁘다.'라고 한 다음에 다시 '꽃에서 향기가 난다.'처럼 말하고 또다시 '그 향기가 깊다.'라고 세 번씩 따로 말하는 것이다.

그러나 우리는 이 세 문장을 단 한 문장으로 매우 간결하게 표현할 수 있다. '예쁜 꽃에서 깊은 향기가 난다.'라고 간단하게 말할 수 있는 것이다. '예쁘다'와 '꽃', '깊다'와 '향기'를 하나로 묶어 줄 도구의 도움을 받은 결과이다. 동사나 형용사로 하여금 명사를 꾸미게 만들어 주는, 다른 말로 하면 관형어 기능을 하게 해 주는 어미, 곧 전성어미의 도움인 것이다. 여기서는 전성어미 '-ㄴ'과 '-은'의 도움으로 두 형용사가 관형사처럼 기능하여 명사를 수식할 수 있었다. 이런 어미의 존재가 얼마나 고맙고 유용한지 이해하기 어렵지 않을 것이라고 생각한다. 전성어미에는 관형사처럼 만들어 주는 관형사형 전성어미('-ㄴ/-은', '-는', '-ㄹ/-을', '-던' 따위), 부사처럼 만들어 주는 부사형 전성어미('-게', '-도록' 따위), 명사처럼 만들어 주는 명사형 전성어미('-ㅁ/-음', '-기' 따위)가 있다. 이에 관해서는 8장에서 자세히 다루겠다.

° 선어말어미

선어말어미라는 용어가 참 요령 없이 만들어졌지만 이런 이름이 붙은 어미가 있다는 사실을 알아야 한다. 이 어미는 어말어미에 상대되는 어미인데, 이 부류에 속한 어미가 문법적으로 아주 중요하다. '아이가 밥을 먹니?'와 '아이가 밥을 먹었니?'는 오직 '-었-'을 붙이고 안 붙이고의 차이밖에 없는데 그 대답은 전혀 달라질 수 있다. 지금 아이가 잠을 자고 있다면 앞의 질문에 '아니요'라고 대답하겠지만 뒤의 질문에는 '예'라고 대답할 수 있는 것이다.

이런 대답의 차이를 만들어 내는 요소가 바로 '-었-'이라는 선어말어미의 존재 유무이다. 선어말어미는 이 밖에도 높임을 나타내는 데 쓰는 '-시-', 추측이나 의지를 나타내는 '-겠-', 과거의 경험을 현재에 전달하는 기능을 하는 '-더-' 같은 것이 있다.

이상의 설명에서 어렴풋이 짐작했겠지만 서양 언어에서는 구문으로 해결하는 문법 기능을 국어에서는 상당 부분 어미로 해결한다. 따라서 어미의 문법적 기능을 이해하는 것이 국어 공부에 매우 중요하다.

° 어미 익히기

이렇게 다양하고 복잡한 어미의 기능이 시에서 어떻게 구현되는지 보고 그 사용법을 배우는 것은 참으로 멋진 일일 것이다. 왜냐하면 이제까지보다는 더 깊이 시를 음미할 수 있게 될 것이기 때문이다. 자, 이제 어미의 깊고 복잡한 세계로 들어가 보자.

그리움

한숙자

도려낼 수도 약을 바를 수도
그렇다고 딱히 처방전이 있는 것도 아닌
암덩이 하나 가슴으로 키운다

가슴앓이할 때마다 도지는 아픔

밤새 보채다 새벽닭 울음으로 지새면
가시기는커녕
되려 가슴 죄며 다가오는

그리움이라는 아픈 마음의 병

이 시에 쓰인 용언의 어간과 어미를 구별해 보면 아래 표와 같다.

178

단어	어간	어미	어미 분류
도려낼	도려내-	-ㄹ	관형사형 전성어미
바를	바르-	-ㄹ	관형사형 전성어미
그렇다고	그렇-	-다고	종속적 연결어미
있는	있-	-는	관형사형 전성어미
아닌	아니-	-ㄴ	관형사형 전성어미
키운다	키우-	-ㄴ다	평서법 종결어미
할	하-	-ㄹ	관형사형 전성어미
도지는	도지-	-는	관형사형 전성어미
보채다	보채-	-다	종속적 연결어미
지새면	지새-	-면	종속적 연결어미
가시기는커녕	가시-	-기	명사형 전성어미
죄며	죄-	-며	종속적 연결어미
다가오는	다가오-	-는	관형사형 전성어미
아픈	아프-	-ㄴ	관형사형 전성어미

이 시에 밑줄 친 용언의 어미를 차례로 보면서 어미의 기능과 형태를 검토해 보겠다. '그렇다고'에 쓰인 어미 '-다고'는 앞말을 뒷말의 까닭이나 근거로 듦을 나타내기 위해서 사용하는 연결어미이다. '키운다'의 어미 '-ㄴ다'는 동사에 붙는 평서법 해라체 종결어미이다.

'보채다'의 어미 '-다'는 '-다가'의 준말로서 어떤 동작이나 상태 따위가 중단되고 다른 동작이나 상태로 바뀜을 나타내는 연결어미이다. '지새면'의 어미 '-면'은 불확실하거나 아직 이루어지지 않은 사실을 가정하여 말할 때 쓰는 연결어미이다.

'가시기는커녕'에 들어 있는 어미는 '-기'이다. 이는 명사형 전성어미로서, '가시다'의 명사형을 만들고 그 명사형에 조사 '는커녕'이 붙었다. '죄며'의 어미 '-며'는 두 가지 이상의 움직임이나 사태 따위가 동시에 겸하여 있음을 나타내는 연결어미로서 '-면서'와 같은 기능을 한다. 이 시에 쓰인 어미 중에서 특별히 부자연스럽거나 부적절하게 쓰인 것은 없다.

창

이병기

우리 방으로는 창으로 눈을 삼았다
종이 한 장으로 우주를 가렸지만
영원히 태양과 함께 밝을 대로 밝는다

너의 앞에서는 술 먹기도 두렵다
너의 앞에서는 참선키도 어렵다
진귀한 고서를 펴어 서권기(書卷氣)나 기를까

나의 추와 미도 네가 가장 잘 알리라

나의 고와 낙도 네가 가장 잘 <u>알리라</u>

그러나 나의 임종도 네 앞에서 <u>하려 한다</u>

이 시에 쓰인 용언의 어간과 어미를 구별해 보면 아래 표와 같다.

단어	어간	선어말어미	어말어미	조사
삼았다	삼-	-았-	-다	
가렸지만	가리-	-었-	-지만	
밝을	밝-		-을	
밝는다	밝-		-는다	
먹기도	먹-		-기	도
두렵다	두렵-		-다	
참선키도	참선하-		-기	도
펴어	펴-		-어	
기를까	기르-		-ㄹ까	
알리라	알-		-리라	
하려	하-		-려	
한다	하-		-ㄴ다	

이 시에 쓰인 어미를 분석해 보자. 우선 관형사형 전성어미로는 '밝을'에 쓰인 '-을'이 있다. '밝을'은 의존명사 '대로'를 수식한다. 이제 밑줄 친 용언의 어미를 살펴보자. '삼았다'는

과거 시제를 나타내는 선어말어미 '-았-'과 평서법 해라체 종결어미 '-다'를 사용했다. '가렸지만'은 '가리었지만'이 줄어든 말로서 과거 시제를 나타내는 선어말어미 '-었-'과 연결어미 '-지만'을 사용하고 있다. '-지만'은 '-지마는'의 준말로서 어떤 사실이나 내용을 시인하면서 그에 반대되는 내용을 말하거나 조건을 붙여 말할 때 쓰는 연결어미이다.

'밝는다'는 '밝다'에 어미 '-는다'가 붙은 형태이다. '-는다'는 어간 끝음절에 받침이 있는 동사에 붙는 어미라는 점에서 '밝다'가 동사로 쓰였음을 알 수 있다. '먹기도'와 '참선키도 ('참선하기도'의 준말)'에는 명사형 전성어미 '-기'에 보조사 '도'가 붙어 있다. '두렵다'는 형용사로서 어미 '-다'는 평서법 해라체 종결어미이다. '펴어'는 '펴다'에 어미 '-어'가 붙은 것으로서 '-어'는 시간상의 선후 관계를 나타내거나 방법 따위를 나타내는 연결어미이다. '기를까'는 '기르다'에 어미 '-ㄹ까'가 붙은 형태로서 어미 '-ㄹ까'는 어떤 일에 대한 물음이나 추측을 나타내는 의문법 해체 종결어미이다.

'알리라'의 어미는 '-리라'인데, 이는 상황에 대한 화자의 추측을 나타내는 평서법 해라체 종결어미이다. '하려'의 어미 '-려'는 어떤 행동을 할 의도나 욕망을 가지고 있음을 나타내는 연결어미이다. '한다'의 어미 '-ㄴ다'는 어떤 행동을 할 의도나 욕망을 가지고 있음을 나타내는 평서법 해라체 종결어미이다. 어미 분석 연습은 이 정도로 마치겠다.

6장

연결어미의

쓰임새

연결어미의 분류

연결어미에 대등적 연결어미, 종속적 연결어미, 보조적 연결어미가 있음은 이미 앞에서 말했다. 그런데 같은 대등적 연결어미 중에서도 용법이 다른 경우가 있다. 예를 들면 어미 '-고'와 '-며'는 모두 동사를 대등하게 연결하지만, '-고'는 앞 동사를 마친 뒤에 새로운 동사를 시작하는 경우에 쓰이고, '-며'는 앞 동사를 진행하는 중에 새로운 동사를 시작하는 경우에 쓰인다. '넥타이를 매고 간다.'와 '넥타이를 매며 간다.'의 차이를 생각하면 쉽게 이해할 수 있을 것이다. 그러니 각 어미를 사용하는 환경을 잘 알고 그에 맞게 사용해야 한다.

종속적 연결어미는 두 문장 사이에 형성되는 관계에 따라서 매우 폭넓게 서로 다른 어미가 사용된다. 따라서 종속적 연결어미는 어미 하나하나 그 기능을 이해하고 그에 맞추어 사용하는 능력을 길러야 한다. 문장에 논리와 특정 인과관계를 설정하는 수단이 바로 이 종속적 연결어미임을 잊지 말아야 한다. 보조적 연결어미는 본용언과 보조용언을 연결하는 기능을 한다.

보조적 연결어미로 쓰이는 것은 대체로 제한되어 있지만 이 중에서 '-고', '-아/-어', '-지' 따위는 대등적 연결어미나 종속

적 연결어미로도 쓰인다. 한 어미가 반드시 위 세 부류 중에
서 어느 한 부류에만 속하는 것이 아니고 둘 이상의 부류로
사용되는 경우가 많다. 따라서 문장에서 실제로 어떤 기능
을 하는지에 따라서 연결어미를 분류하게 된다.

대등적 연결어미

의미적으로 대등한 두 절(節)을 이어 주는 연결어미로서 '-고', '- 며/-으며', '-나/-으나' 따위가 있다.

○ '-고'

'-고'는 동사나 형용사 또는 문장과 문장을 서로 대등한 자격으로 연결하는 데 널리 사용된다. 그래서 '-고'를 대등적 연결어미의 대표라고 해도 과언이 아니다. '-고'가 언제나 대등적연결어미로만 쓰이는 것은 아니지만 그것은 뒤에 설명하기로 하고 여기서는 대등적 연결어미로서 기능하는 경우를 중심으로 이야기를 진행하겠다.

① 이것만 네가 먹고 저것은 동생을 주어라.
② 동생은 마시고 노는 데 빠져 있다.
③ 둥글고 큰 달이 중천에 떠 있다.

①번 문장에서는 '-고'가 두 문장을 대등하게 연결해 주었고, ②번 문장에서는 두 동사를 대등하게 연결해 주었으며,

③번 문장에서는 두 형용사를 대등하게 연결해 주었다. 대등하게 연결한다는 의미는 두 문장이나 단어가 서로 영향을 미치지 않는다는 뜻이다. 특히 ①번 문장은 두 절이 대등하게 연결되었다는 점에서 대등절로 이어진문장 또는 대등적 이어진문장이라고 부른다.

새로운 길

윤동주

내 건너서 숲으로
고개를 넘어서 마을로

어제도 가고 오늘도 갈
나의 길 새로운 길

민들레가 피고 까치가 날고
아가씨가 지나고 바람이 일고

나의 길은 언제나 새로운 길
오늘도…… 내일도……

내를 건너서 숲으로

고개를 넘어서 마을로

이 시에는 대등적 연결어미 '-고'로 연결된 문장이 죽 적혀 있다. 두세 동작이 특별한 논리적 연결 없이 대등하게 나열되어 있는 것이다. 우리는 그 나열된 문장을 차례로 읽으면서 자기 나름의 생각을 떠올리게 된다. 무의미하게 나열된 문장들 같지만 깊이 생각하면 문장의 맥락 속에 시인이 하고자 하는 말이 숨어 있다. 이 시에 나온 대등적 연결어미의 구조를 분석하면 아래와 같다.

• 어제도 가고 오늘도 갈 → 어제도 가다 + 오늘도 가다
• 민들레가 피고 까치가 날고 아가씨가 지나고 바람이 일고 → 민들레가 피다 + 까치가 날다 + 아가씨가 지나다 + 바람이 일다

위 두 대등적 이어진문장은 지속적으로 가야 할 나의 길에는 수많은 일들이 벌어질 수 있음을 암시한다. 여기서 어미 '-고' 뒤에 '또'를 넣으면 의미가 더 확연해짐을 알 수 있다. 이처럼 어미 '-고'는 여러 독립적인 변수를 나열하는 데 매우 유용하게 쓰인다.

° '-며', '-면서'

'-며'는 두 동작이나 상태를 연결하는데 앞에서 설명한 어미 '-고'와 기능이 거의 같다. 그러나 그 기능의 차이가 전혀 없 지는 않다. 그 차이를 얼마나 이해하고 사용하느냐 하는 것 은 참 까다로운 일이지만 시인들은 이를 간파하고 사용하고 있으리라 생각한다. 왜냐하면 시인이란 그래야 하는 사람들 이니. 간단히 어미 '-며'의 사용 예문을 들어 보고 '-며' 대신에 '-고'를 쓴 경우 어떤 차이가 나타날지 검토해 보자.

① 동생은 씩씩하며 형은 인정이 많다.
② 영수는 일도 잘하며 공부도 잘한다.
③ 그의 아버지는 학자며 시인이다.
④ 형제가 싸우며 학교에 갔는데 걱정이다.

①번 문장과 ②번 문장은 두 상태와 동작을 단순히 하나로 연결하는 데 어미 '-며'를 사용했다. '-며' 대신에 '-고'를 사용 해도 전혀 이상하지 않다. 그러나 혹시 어미에 민감한 사람 이라면 ②번 문장에 어미 '-고'를 사용하는 것이 조금 부담스 러울 수 있다. 두 문장이 하나의 주어를 공유하고 있을 경우 에는 '-고'보다 '-며'가 좀 더 자연스럽다는 점을 느낄 수 있기 때문이다.
그리고 이런 느낌은 ③번 문장에서 더 강화될 것이다. 즉, ③

번 문장에서 '-며' 대신에 '-고'를 쓰고 싶은 사람이 많이 줄어들 것이다. 주어의 상태를 나열할 때에는 '-고'보다 '-며'가 더 자연스럽다는 점이 두드러진다. 마지막으로 ④번 문장에서는 '-며'를 쓰는 경우와 '-고'를 쓰는 경우가 아예 의미가 달라진다. ④번 문장은 학교에 가는 도중에 싸웠다는 것이지만, 만일 '-며' 대신에 '-고'를 사용하면 집에서 싸운 뒤에 학교에 갔다는 의미가 되는 것이다.

이처럼 '-며'와 '-고' 사이에는 아주 미세한 느낌의 차이에서 큰 의미의 차이까지 다양하게 차이가 존재함을 알 수 있다. '-며'는 앞뒤 단어나 문장을 긴밀하게 연결하는 기능이 강하고, '-고'는 앞뒤 낱말과 문장을 구분지어 연결하는 기능이 강하다. 그러므로 이 두 어미를 잘 구별하여 사용하는 것은 시인에게 무척 멋진 일일 것이다.

나의 집

김소월

들가에 떨어져 나가 앉은 멧기슭의
넓은 바다의 물가 뒤에,
나는 지으리, 나의 집을,
다시금 큰길을 앞에다 두고.
길로 지나가는 그 사람들은

제가끔 떨어져서 혼자 가는 길.
하이얀 여울턱에 날은 저물 때.
나는 문간에 서서 기다리리
새벽 새가 울며 지새는 그늘로
세상은 희게, 또는 고요하게,
번쩍이며 오는 아침부터,
지나가는 길손을 눈여겨보며,
그대인가고, 그대인가고.

두 동작을 동시에 한다는 것은 어떤 동작의 경우에 우리에게 '-며'의 기능을 확실히 각인시키기도 한다. 이 시에서 '울며 지새는', '번쩍이며 오는', '눈여겨보며 기다리리'가 바로 그런 표현이다. 여기서 사용한 '-며'는 '-면서'와 같은 기능을 한다. 즉, '울면서 지새는', '번쩍이면서 오는', '눈여겨보면서 기다리리'와 같은 것이다. 감정이 더 깊어짐을 알 수 있다. 앞의 동작을 진행하는 중에 뒤의 동작이 시작함을 나타낼 때 어미 '-며'를 사용하여 연결하는 것이 적절하다. 이 시는 그대를 기다리는 간절한 마음을 표현하고 있다.

나룻배와 행인

한용운

나는 나룻배,
당신은 행인.

당신은 흙발로 나를 짓밟습니다.
나는 당신을 안고 물을 건너갑니다.
나는 당신을 안으면 깊으나 얕으나 급한 여울이나 건너갑
니다.

만일 당신이 아니 오시면 나는 바람을 쐬고 눈비를 맞으며
밤에서 낮까지 당신을 기다리고 있습니다.
당신은 물만 건너면 나를 돌아보지도 않고 가십니다그려.
그러나 당신이 언제든지 오실 줄만은 알아요.
나는 당신을 기다리면서 날마다 날마다 낡아 갑니다.

나는 나룻배,
당신은 행인.

'-면서'는 '-며'와 용법이 겹치는데, '-며'에 비교해서 동작의
연속성이 단절되는 느낌을 준다. 그렇기 때문에 때로는 동작
이 주는 이미지가 더 강하게 느껴진다. '나는 당신을 기다리

면서 날마다 날마다 낡아 갑니다.'에서 '기다리면서' 대신에 '기다리며'를 써도 의미는 전혀 달라지지 않는다. 그러나 어감은 달라짐을 느낄 수 있다. 동사 '기다리다'의 간절함을 더 강화시키는 기능을 함을 알 수 있다.

○ '-나'

앞의 사실이나 내용을 시인하면서 그것과 딴판인 다른 상황이 일어난 사실을 연결하는 어미이다. 앞 절에서 자연스럽게 생각되는 결과나 추론과 반대되는 사항을 연결하는 데 쓰인다.

- 비가 오나 바람은 불지 않았다.
- 돈은 좀 벌었으나 건강을 잃고 말았다.
- 그를 길에서 만났으나 아무 말도 건네지 않았다.
- 밥을 먹었으나 여전히 배가 고팠다.

위 예문은 모두 두 독립된 행동을 '-나'를 사용해서 연결한 문장인데 앞 절과 뒤 절의 내용이 서로 어긋남을 알 수 있다.

이제 오느냐

문태준

화분에 매화꽃이 올 적에
그걸 맞느라 밤새 조마조마하다
나는 한 말을 내어놓는다
이제 오느냐,
아이가 학교를 파하고 집으로 돌아올 적에
나는 또 한 말을 내어놓는다
이제 오느냐,

말할수록 맨발 바람으로 멀리 나아가는 말
얼금얼금 엮었으나 울이 깊은 구럭 같은 말

뜨거운 송아지를 여남은 마리쯤 받아낸 내 아버지에게 배
냇적부터 배운

'얼금얼금 엮었으나 울이 깊은 구럭'에서 어미 '-으나'는 엮은
것에 구애되지 않고 울이 깊음을 의미하기 위해서 쓰인 대등
적 연결어미이다. '얼금얼금 엮었다'와 '울이 깊다'가 서로 독
립적이며 대등한 절임을 알 수 있다.
'이제 오느냐'는 기다리는 사람이 왔을 때 반가움을 속에 감
추고 예사롭게 하는 말이다. 이 말은 시인이 말하듯이 아버

지에게서 배냇적부터 배운 말일 것이다. 지금도 나이 많은 아버지들은 자식들이 직장이나 학교에서 돌아올 때 이런 인사말을 쓸 것이다. 시인은 이 인사말을 '맨발 바람으로 멀리 나아가는 말' 또는 '얼금얼금 엮었으나 울이 깊은 구럭 같은 말'이라고 표현했다. 그만큼 보기보다는 더 깊이 있는, 기다림의 간절함이 큰 말이라는 뜻이다.

| '-나'의 특별한 용법

'-나'는 중복해서 사용하여 어느 것을 선택해도 상관없음을 나타내는 연결어미로도 쓰인다. 보조사 '나'도 이런 용법으로 사용됨을 이미 설명한 바 있다.

- 미우나 고우나 네 동생이잖아.
- 그는 비가 오나 바람이 부나 하루도 일을 쉬지 않았다.

종속적 연결어미

앞 문장을 뒤 문장에 종속적으로 이어 주는 어미로서 '-면', '-니', '-므로' 따위가 있다. 종속적 연결어미는 두 문장 사이에 인과관계나 선후관계를 나타내는 기능을 하기 때문에 논리력이 약하면 연결어미를 부정확하게 사용하기 쉬워진다.

우리가 흔히 횡설수설하게 되는 이유는 전제나 조건과 결과 사이에 논리적 연관성이 없거나 이야기의 선후에 맥락을 갖추지 못하기 때문이다. 만일 종속적 연결어미의 사용법을 잘 알게 된다면 횡설수설하는 말이나 글을 사용하는 일이 줄어들 것이다.

○ '-면'

어미가 논리적 기능을 한다고 말할 수 있게 하는 대표적인 어미이다. '-면'은 불확실한 사실을 가정하여 말하거나, 뒤의 결과에 대한 조건 또는 근거를 말할 때 쓴다. 즉, '-면'을 쓰려면 앞말과 뒷말 사이에 가정해서 말할 수 있는 결과이거나 그 결과를 예측할 수 있는 조건이나 근거가 되는 관계가 성립해야 한다. 따라서 논리력이 부족하면 이 어미로 연

결된 문장을 정확하게 구성하기 어렵다. '-면'을 쓰는 문장은
아직 일어나지 않은 내용이라는 점이 특별하다.

상한 영혼을 위하여

고정희

상한 갈대라도 하늘 아래선
한 계절 넉넉히 흔들리거니
뿌리 깊으면야
밑둥 잘리어도 새순은 돋거니
충분히 흔들리자 상한 영혼이여
충분히 흔들리며 고통에게로 가자

뿌리 없이 흔들리는 부평초 잎이라도
물 고이면 꽃은 피거니
이 세상 어디서나 개울은 흐르고
이 세상 어디서나 등불은 켜지듯
가자 고통이여 살 맞대고 가자
외롭기로 작정하면 어딘들 못 가랴
가기로 목숨 걸면 지는 해가 문제랴

고통과 설움의 땅 훨훨 지나서

뿌리 깊은 벌판에 서자
두 팔로 막아도 바람은 불듯
영원한 눈물이란 없느니라
영원한 비탄이란 없느니라
캄캄한 밤이라도 하늘 아래선
마주 잡을 손 하나 오고 있거니

'물 고이면 꽃은 피거니', '외롭기로 작정하면 어딘들 못 가랴', '가기로 목숨 걸면 지는 해가 문제랴'에 쓰인 '-면'이 모두 그것을 가정하여 조건으로 삼는 기능을 하고, 조건이 충족된다면 그 결과로서 '꽃이 피고', '어딘들 갈 수 있고', '해가 져도 문제가 없다'. '깊으면야'의 '야'는 강조하기 위해서 덧붙은 보조사이므로 이를 빼면 어미 '-으면'이 남는다. 이것도 조건을 나타내는 연결어미이다.

이 시는 조건을 나타내는 종속절에 무게가 실린 시이다. 어떤 내용으로 종속절을 만들지가 매우 중요한 것이다. 고통과 설움을 버티고 견디며 꿋꿋하게 서면 기어이 마주 잡을 손 하나가 나에게 올 것임을 말하고 있다. 하늘이 무너져도 솟아날 구멍이 있으니 어떤 어려움이 닥쳐도 절망하지 말라는 메시지를 전하고 있는 시이다.

° '-니'

'-니'는 앞말이 뒷말의 이유, 근거, 전제 따위가 됨을 나타내는 데 쓰인다. '-면'과 반대되는 방향의 논리라고 말할 수 있겠다. '-면'은 조건을 내걸기 위해서 쓰인다면, '-니'는 결과를 내걸기 위해서 쓰인다고 말할 수 있다. 또, '-면'이 아직 이루어지지 않은 말에 붙는다면, '-니'는 이미 이루어진 말에 붙는 특징이 있다. 그리고 뒷말은 앞말의 결과로 이루어지거나 나타나는 것이어야 한다.

집을 나간 아내에게

황규관

당신과 내가 멀어지니 이렇게 좋군
아이들을 위해
가장 가깝게 뜨겁게 살았을 적에
세상은 얼마나 징그러웠었나
조금만 더 멀어지면
아니 이렇게 마지막을 느끼면서
가만히 어루만질 거리마저 생기고 나니
장미꽃이 유독 붉군

생각해봐 우리는 지금껏 색맹이었어

딸애의 피아노를 위해

다달이 갚아야 할 대출금 이자를 위해

혹은(무엇보다도 하찮은)과한 내 술 욕심 때문에

함께 꽃잎 한 장 바라보지 못했다는 게

정말 말이나 되나?

이렇게 <u>멀어지니</u> 좋군

우리 너무 가깝게 뜨겁게 살아왔어

당신이 정말 내 곁을 떠난대도

사랑이라는 거 좀 유치한 행복이라는 거 대신

그냥 웃을 수 있다는 뜻은 말야

당신이 미워서가 아니지

늦진 않았지만,

이제야 당신이 생각나고

생각나는 당신이 다른 사람이라는 걸 알게 되는 일,

그리고 마지막을 몸으로 느끼는 일이

이렇게 좋군

나마저 달라지는군

'멀어지니'는 멀어진 것이 이유나 근거가 되어 '좋은' 기분을
느끼게 됨을 나타내고 있다. 주절의 '좋다'로 결론을 내린 이
유가 서로 '멀어진 것'임을 나타낸다. 아래 구절은 음미해 볼
가치가 있다.

'조금만 더 멀어지면/ 아니 이렇게 마지막을 느끼면서/ 가만히 어루만질 거리마저 생기고 나니/ 장미꽃이 유독 붉군'

'멀어지면'은 아직 일어나지 않은 사건을 조건으로 내건 표현이다. 따라서 이 말이 곧바로 '장미꽃이 유독 붉군'에 이어질 수 없다. 두 표현을 직접 이으려면 '장미꽃이 유독 붉겠군'처럼 추측하는 표현으로 바꿔야 한다. 그래서 시인은 '멀어지면' 뒤에 이를 거부하는 표현을 붙여 '아니 이렇게 마지막을 느끼면서/ 가만히 어루만질 거리마저 생기고 나니'로 표현을 바꿨다. '생기고 나니'라고 하자 '장미꽃이 유독 붉군'과 정상적으로 이어짐을 알 수 있다.

이 시는 조금은 반어법적인 요소를 품고 있다. 함께 열심히 살다가 집을 나간 아내에게 '이렇게 멀어지니 좋다'고 말하는 시인의 생각은 일반적인 시각에서 의아해할 만하기 때문이다. 비록 멀어짐의 긍정적인 점을 제시했지만 말이다. 〈패배는 나의 힘〉이라는 시를 쓸 만큼 뒤집어 생각하는 시인의 그 치열함을 읽을 수 있는 시라고 생각한다.

| '-니'와 '-니까'

'-니'와 '-니까'는 거의 같은 기능을 하는 연결어미인데 어감의 강약에서 차이가 있다. 어감이란 주관적인 것이어서 사람에 따라서 차이가 있지만 대체로 이유나 근거를 제시할 때 '-니까'가 '-니'보다 더 강렬한 이미지를 주는 것 같다.

○ '-므로'

'-므로'는 논리적인 인과관계를 나타내기 위해서 쓰는 연결 어미이다. 즉, 앞말이 뒷말의 원인이나 근거, 전제, 이유가 됨을 나타내기 위해서 두 말을 연결한다. 앞에서 '-니'가 논리적인 연결어미로 사용되는 상황을 보았는데, '-므로'는 '-니'에 비해서 논리성이 훨씬 강한 경우에 쓰인다. '-니까'와 같은 수준의 논리적 기능을 한다고 볼 수 있는데 '-니까'가 구어체에 가깝다면 '-므로'는 문어체에 가깝다. 그런 점에서 '-므로'가 시에서 쓰인다면 대체로 대화로 인식될 수 있는 곳에서 쓰이기보다는 작가의 생각을 드러내거나 설명하는 문장에서 쓰이는 것이 자연스럽다. 받침 있는 어간 뒤에는 '-으므로'를 붙인다.

당신을 보았습니다

한용운

당신이 가신 뒤로 나는 당신을 잊을 수가 없습니다.
까닭은 당신을 위하느니보다 나를 위함이 많습니다.

나는 갈고 심을 땅이 없<u>으므로</u> 추수(秋收)가 없습니다.
저녁거리가 없어서 조나 감자를 꾸러 이웃집에 갔더니 주인은 '거지는 인격이 없다. 인격이 없는 사람은 생명이 없다. 너를 도와주는 것은 죄악이다'고 말하였습니다.

　그 말을 듣고 돌아 나올 때에 쏟아지는 눈물 속에서 당신을 보았습니다.

　나는 집도 없고 다른 까닭을 겸하여 민적(民籍)이 없습니다.

　'민적 없는 자는 인권이 없다. 인권이 없는 너에게 무슨 정조냐' 하고 능욕(凌辱)하려는 장군이 있었습니다.

　그를 항거(抗拒)한 뒤에 남에게 대한 격분이 스스로의 슬픔으로 화(化)하는 찰나에 당신을 보았습니다.

　아아, 온갖 윤리, 도덕, 법률은 칼과 황금을 제사 지내는 연기(烟氣)인 줄을 알았습니다.

　영원의 사랑을 받을까, 인간 역사의 첫 페이지에 잉크 칠을 할까, 술을 마실까 망설일 때에 당신을 보았습니다.

'땅이 없으므로 추수가 없습니다'는 '-으므로'가 이유를 나타내는 좋은 예이다. 이 시는 산문에 가까운 설명으로 논리를 세우고 있음을 알 수 있다. 따라서 이유를 정색하고 제시하는 어미 '-므로'를 쓴 것이 제격이다. 한용운의 다른 시에서처럼 이 시에서도 시인의 진실성과 진정성이 강하게 느껴진다. 식민지 백성으로서 일제의 회유와 폭압 정치에 꿋꿋하게 대항하면서 언행을 일치시킨 시인의 삶이 그대로 시에 반영되어 있는 것이다.

이런 시를 쓸 수 있는 시인을 가졌다는 것은 우리에게 행복일 것이다. 이 시에서 당신은 누구일까? 당신이 가신 뒤로 당신을 위하지 않고 나를 위하여 구걸하며 능욕을 당하면서 비로소 당신을 생각하게 된 사실에서 '조국'을 당신으로 표현한 것이 아닐까 생각한다. 나라를 잃은 뒤 이 모든 것이 일어났기 때문이다.

○ '-어/-아', '-어서/-아서'

'-어/-아'는 '-고'와 함께 대표적인 연결어미로, 선후관계나 인과관계 또는 방법이나 이유, 근거 따위를 나타내는 데 폭넓게 사용된다. '-어/-아'의 가장 중요한 기능은 두 동작을 연결하여 계속되는 하나의 동작처럼 인식시킨다는 점이다. 앞 동작을 거쳐 뒤 동작을 하는 경우에 두 동작을 연결하는 어미로 '-어/-아'가 제격이다. 어간 끝소리의 모음이 음성모음이면 '-어'를 쓰고, 양성모음이면 '-아'를 쓴다. '-어서/-아서'는 '-어/-아'의 기능을 좀 더 뚜렷하게 하는 데 쓰인다.

- 나는 사탕을 주어 아이들의 환심을 샀다. (수단)
- 날이 풀리니 눈이 녹아 물이 강처럼 흘렀다. (이유)
- 고기를 잘 씹어서 삼켜야 한다. (방법)
- 기분이 좋아서 웃었을 뿐이다. (이유)
- 친구가 부탁해서 그의 편의를 보아주었다. (근거)

대숲에 서서

대숲으로 간다
대숲으로 간다
한사코 성근 대숲으로 간다

자욱한 밤 안개에 벌레 소리 젖어 흐르고
벌레 소리에 푸른 달빛이 배어 흐르고

대숲은 좋더라
성글어 좋더라
한사코 서러워 대숲은 좋더라

꽃가루 날리듯 흥건히 드는 달빛에
기척 없이 서서 나도 대같이 살거나

이 시는 제목에는 '-어서'를 사용했지만 정작 본문에서는 모두 '-어'만 사용했다. 제목에 '서서'라고 하여 '-어서'를 사용한 것은 '-어'를 사용하는 것보다 음운상으로 더 낫기 때문일 것이다. 본문에 쓰인 '-어'의 기능이 두 가지로 구별된다. '젖어 흐르고'와 '배어 흐르고'는 두 동사가 선후관계로 연결된 것인데 앞 행위가 뒤 행위의 상태를 나타낸다. 이에 비해 '성글어 좋더라'와 '서러워 좋더라'는 '-어'가 이유를 나타내기 위해서 쓰였다. '성글기 때문에 좋더라', '서럽기 때문에 좋더라'와 같은 의미를 나타낸다. 연결어미 '-아/-어'가 폭넓게 기능함을 알 수 있다.

나의 꿈

한용운

당신이 맑은 새벽에 나무 그늘 사이에서 산보할 때에, 나의 꿈은 작은 별이 <u>되어서</u> 당신의 머리 위에 지키고 있겠습니다.

당신이 여름날에 더위를 못 이기어 낮잠을 자거든, 나의 꿈은 맑은 바람이 <u>되어서</u> 당신의 주위에 떠돌겠습니다.

당신이 고요한 가을밤에 그윽히 <u>앉아서</u> 글을 볼 때에, 나의 꿈은 귀뚜라미가 <u>되어서</u> 책상 밑에서 「귀뚤귀뚤」 울겠습니다.

이 시에 쓰인 어미 '-어서/-아서'는 모두 '-어/-아'로 대체해도 어감으로나 의미로나 큰 차이가 없다. 다만, '-어서/-아서'가 '-어/-아'에 비해서 두 행동을 분리하는 어감을 더 강하게 풍긴다. 시인이 '-어'를 쓰지 않고 '-어서'를 쓴 이유를 가늠해 보는 것이 중요할 것 같다. '당신'을 향한 나의 정성을 강화시킬 의도가 있었을 것이다.

○ '-어도/-아도'

'-어도/-아도'는 가정이나 양보의 뜻을 나타내는 연결어미로
서 제시된 조건이 결과에 영향을 미치지 않음을 나타낸다.
어간 끝소리의 모음이 음성모음이면 '-어도'를 붙이고, 양성
모음이면 '-아도'를 붙인다. '하다'의 어간 '하-' 뒤에서는 '-여
도'로 바뀌고 '하여도'는 '해도'로 줄어든다.

• 네 은혜는 죽<u>어도</u> 잊지 않겠다. (가정)
• 돈은 없<u>어도</u> 마음은 넉넉하다. (양보)
• 집 안이 조용<u>해도</u> 너무 조용하다. (강조)
• 마음이 아<u>파도</u> 어쩔 수 없다. (가정)

산

함석헌

나는 그대를 나무랐소이다
<u>물어도</u> 대답도 않는다 나무랐소이다
그대겐 묵묵히 서 있음이 도리어 대답인 걸
나는 모르고 나무랐소이다

나는 그대를 비웃었소이다
끄들어도 꼼짝도 못한다 비웃었소이다
그대겐 죽은 듯이 앉았음이 도리어 표정인 걸
나는 모르고 비웃었소이다

나는 그대를 의심했소이다
무릎에 올라가도 안아도 안 준다 의심했소이다
그대겐 내버려둠이 도리어 감춰줌인 걸
나는 모르고 의심했소이다

크신 그대
높으신 그대
무거운 그대
은근한 그대

나를 그대처럼 만드소서!
그대와 마주 앉게 하소서!
그대 속에 눕게 하소서!

이 시에서 어미 '-어도'는 양보의 뜻을 나타낸다. 앞 종속절의
조건을 수행하더라도 뒤 행동이 일어나지 않는다는 말이다.
'무릎에 올라가도 안아도 안 준다'에는 '-아도'가 두 번 쓰였

지만 서로 전혀 다른 어미이다. '올라가도'에 쓰인 '-아도'는 양보의 뜻을 나타내지만, '안아도'에 쓰인 '-아도'는 전혀 다른 어미이다. '안아 준다'에 쓰인 연결어미 '-아'에 보조사 '도'를 붙인 형태인 것이다.

○ '-도록'

'-도록'은 종속절이 뒤에 오는 주절의 목표나 결과를 나타내거나 종속절로 나타낼 수 있는 정도 또는 한계를 표현하는 연결어미이다.

• 아이가 쉽게 이해하도록 잘 설명해 주어라. (목표)
• 호박이 잘 자라도록 거름을 주었다. (목표)
• 우리는 거기서 죽도록 일만 했다. (정도)
• 졸업하는 날 우리는 밤이 새도록 춤추고 놀았다. (한계)

님의 노래

김소월

그리운 우리 님의 맑은 노래는
언제나 제 가슴에 젖어 있어요

210

긴 날을 문 밖에서 서서 들어도
그리운 우리 님의 고운 노래는
해 지고 저물도록 귀에 들려요
밤들고 잠들도록 귀에 들려요

고이도 흔들리는 노랫가락에
내 잠은 그만이나 깊이 들어요
고적한 잠자리에 홀로 누워도
내 잠은 포스근히 깊이 들어요

그러나 자다 깨면 님의 노래는
하나도 남김없이 잃어버려요
들으면 듣는 대로 님의 노래는
하나도 남김없이 잊고 말아요

이 시에서 '해 지고 저물도록'은 '해가 지고 저물 때까지'와
같은 의미를 나타낸다. '밤이 새도록 춤추고 놀았다.'의 '-도
록'과 같이 한계를 지정하는 기능을 한다. 임의 노래가 '해가
질 때까지', 그 뒤로도 '저물 때까지' 줄곧 귀에 들림을 의미
한다.

너에게 무엇을 주랴

심훈

너에게 무엇을 주랴
맥이 각각으로 끊어지고
마지막 숨을 가쁘게 들이모는
사랑하는 너에게 무엇을 주랴

눈물도 소매를 쥐어짜도록 흘려 보았다.
한숨도 땅이 꺼지도록 쉬어 보았다.
그래도 네 숨소리는 더욱 가늘어만 가고
시방은 신음하는 소리도 들리지 않는다.

눈물도 한숨도 소용이 없다.
'죽음'이란 엄숙한 사실 앞에는
경 읽거나 무꾸리하는 것과 다름이 없다.
그러나 당장에 숨이 끊어지는 너를
손끝 맺고 들여다보고만 있을 수도 없는 노릇이다.
너에게 딸린 생명이 하나요, 둘도 아닌 것을……

오직 한 가지 길이 남았을 뿐이다.
손가락을 깨물어 따끈한 피를
그 입속에 방울방울 떨어뜨리자.

우리는 반드시 소생할 것을 굳게 믿는다!
마지막으로 붉은 정성을 다하여
산 제물로 우리의 몸을 너에게 바칠 뿐이다!

이 시는 조국의 독립을 위하여 몸을 바치고자 하는 시인의
붉은 마음을 잘 드러낸 시이다. '소매를 쥐어짜도록' 눈물을
흘렸고, '땅이 꺼지도록' 한숨을 쉬어 보았다는 시인의 마음
을 우리는 다 이해할 수 있을 것이다. 여기서 어미 '-도록'은
'그렇게 될 정도로'의 의미를 나타낸다. 이렇게 쓰이는 표현
에는 과장법이 섞여 있는 것이 보통이다.

| '-도록'의 문법적 성격

이 책에서는 '-도록'을 연결어미로 보고 설명을 했다. 그러나
이를 부사형 전성어미로 보는 견해도 있다. 아래의 예문을
보면 그렇게 생각할 수도 있다고 본다.

- 동생을 혼내기 위해서 아프도록 때렸다.
- 여기까지 들리도록 크게 말해라.

위 예문에서 '아프도록'이 '때렸다'를 수식하고, '들리도록'이
'크게'를 수식한다고 보아도 전혀 이상하지 않다. 이 경우에
는 '-도록'이 '아프다'와 '들리다'를 부사처럼 만드는 기능을
하였다고 본다. 그래서 이런 견해에 따르면 '-도록'은 부사형

전성어미가 된다.

| '-도록 하다'와 '-게 하다'의 차이

'-도록'과 '-게'는 둘 다 연결어미로서 상대나 제삼자에게 어떤 일을 지시하는 데 거의 같은 용도로 쓰이지만, 지시문에서 '-도록 하다'와 '-게 하다'가 쓰일 때에는 둘 사이에 결정적인 차이가 있다는 점을 알아 둘 필요가 있다.

① 이제부터는 거짓말을 하지 않도록 해라.
② 이제부터는 거짓말을 하지 않게 해라.
③ 빨리 자도록 해라.
④ 빨리 자게 해라.

①번 문장은 말을 듣는 상대방에게 거짓말을 하지 말라고 하는 뜻과 제삼자가 거짓말을 하지 않게 상대방에게 지시하는 뜻으로 모두 쓰일 수 있는데, 만일 제삼자가 거짓말을 하지 않게 하는 뜻을 말하려면 '거짓말을 하지 않도록' 앞에 주어를 넣으면 된다. 주어가 없으면 말을 듣는 사람에게 거짓말을 하지 말라고 지시하는 말이 된다.
②번 문장은 제삼자가 거짓말을 못 하게 만들라고 상대방에게 지시하는 말이다. 제삼자를 주어로 내세우지 않아도 그 주어가 생략된 것으로 이해된다. 이 문장에서는 듣는 사람에게 거짓말을 하지 말라고 지시하는 의미가 없다.

214

③번 문장과 ④번 문장이 이 두 어구의 차이를 극명하게 보여 준다. ③번 문장은 말을 듣는 사람에게 빨리 자라고 하는 말이고, ④번 문장은 제삼자를 빨리 재우라는 말이다.

| '-도록 하다'의 잘못 사용

앞에서 말한 대로 '-도록 하다'는 상대방이나 제삼자가 해야 할 일을 나타내는 어미로 쓰인다. 그러므로 자신이 해야 할 일을 나타내는 데 쓰는 것은 잘못이다.

⑤ 성원이 되었으므로 회의를 시작하도록 하겠습니다.
⑥ 지금부터 설명을 드리도록 하겠습니다.

⑤번 문장은 회의를 주재하는 사람이 다른 사람에게 시키겠다는 의미를 갖는다. 따라서 회의를 주재하는 사람이 쓸 수 없는 표현이다. ⑥번 문장도 제삼자에게 일을 시키겠다는 의미여서 자기가 할 일을 말할 때에는 쓸 수 없는 표현이다. 위 두 경우 모두 '시작하겠습니다', '드리겠습니다'처럼 사용해야 한다.

보조적 연결어미

연결되는 두 용언 중에서 뒤 용언이 제 의미를 상실하고 앞 용언의 의미를 보조하는 기능을 하도록 만드는 연결어미를 가리킨다. 앞 용언을 본용언이라 하고, 뒤 용언을 보조용언이라고 한다. 본용언에 보조용언을 연결하는 어미로 '-아/어', '-게', '-지', '-고' 따위가 쓰인다. 이들 어미 중에서 '-게'는 학자에 따라서 부사형 전성어미로 보기도 한다. 보조적 연결어미에는 '는', '만', '도' 같은 다양한 보조사가 붙을 수 있다.

○ '-아/-어'

이 어미는 앞에서 종속적 연결어미로 설명한 바 있다. 그런데 여기서는 보조적 연결어미로 설명하게 되었다. 그만큼 이 어미가 다양하게 쓰인다는 점을 알 수 있다. 이 어미는 종결어미로도 쓰인다는 점을 미리 적어 둔다.

보조적 연결어미로서 '-어/-아'는 앞말의 동작이나 상태를 유지하게 만드는 상태에서 뒷말을 연결하는 기능을 하는 어미이다. 뒤 용언에 따라서 앞 용언의 동작이나 상태가 어떻게 바뀔 것인지 결정된다. 두 용언을 가장 직접적이고 자연스럽게 연결하는 어미이다. 어간의 끝소리 모음이 음성모음이면 '-어'를 붙이고, 양성모음이면 '-아'를 붙인다.

- 자, 모두 웃어 보세요. (보조용언: 보다)
- 그 일은 잊어 버려라. (보조용언: 버리다)
- 내 손 좀 잡아 주오. (보조용언: 주다)
- 가을이 깊어 간다. (보조용언: 가다)
- 날이 밝아 온다. (보조용언: 오다)
- 문을 좀 열어 놓자. (보조용언: 놓다)
- 의자에 사람이 앉아 있다. (보조용언: 있다)
- 그는 온갖 비난을 혼자 다 막아 내었다. (보조용언: 내다)
- 작품을 부모님께 보여 드리겠다. (보조용언: 드리다)
- 그들의 소식을 나에게 알려 다오. (보조용언: 달다)

위 예문은 보조적 연결어미 '-어/-아'로 연결될 수 있는 대부분의 형태를 제시한 것이다. 여기에 쓰인 보조용언들이 원래의 의미에서 벗어나 본용언에 어떤 의미를 보태어 주는지 검토해 보자.

- -어/-아 보다: 본용언을 시험 삼아 행하다.
- -어/-아 버리다: 본용언을 완전히 끝내다. 완전히 끝나다.
- -어/-아 주다/드리다: 본용언을 선심 쓰듯 행하다.
- -어/-아 가다/오다: 점점 그렇게 하거나 되다. (본용언이 형

- -어/-아 있다: 본용언을 행한 상태로 유지하다.
- -어/-아 놓다: 본용언을 행한 상태로 두다.
- -어/-아 내다: 본용언을 잘 완수하다.
- -어/-아 나가다: 본용언을 죽 진행하다.

북청 물장수

김동환

새벽마다 고요히 꿈길을 밟고 와서
머리맡에 찬물을 쏴아 퍼붓고는
그만 가슴을 디디면서 멀리 사라지는
북청(北靑) 물장수.

물에 젖은 꿈이
북청 물장수를 부르면
그는 삐걱삐걱 소리를 치며
온 자취도 없이 다시 사라져 버린다.

날마다 아침마다 기다려지는
북청 물장수.

'사라져 버린다'는 '사라진다'에 비하여 완전히 사라짐을 의미한다. 이 시에서 '자취도 없이'에 상응하는 표현으로 보조동사 '버리다'를 붙였다. 앞에 있는 '가슴을 디디면서 멀리 사라지는'에서는 사라지는 것이 천천히 사라지지만, '자취도 없이 사라져 버린다'에서는 완전히 사라져 보이지 않는 상황을 강조한다. 어미 '-어'를 활용하여 보조동사 '버리다'를 씀으로써 이런 효과를 내는 것이다.

'-어보다/-아보다'

보조적 연결어미 '-어/-아'에 보조용언 '보다'를 붙여 동사를 만드는 조어법이 있다. 이 경우는 한 단어가 되기 때문에 전체를 붙여 써야 한다. 몇몇 동사에 국한하기 때문에 외워 두면 좋다. 아래 표에 그 예를 제시한다.

	-어보다	-아보다	변형('어/아' 생략)
가리다	가려보다		
건너다			건너보다
굽다	굽어보다		
꼬느다		꼬나보다	
내다			내보다
넘기다	넘겨보다		
노리다	노려보다		
눈여기다	눈여겨보다		

달다		달아보다
대다		대보다
돌다		돌아보다
두르다	둘러보다	
뜨다	떠보다	
뜯다	뜯어보다	
맡다		맡아보다
모르다		몰라보다
묻다	물어보다	
바라다(무엇을 향하여 보다)		바라보다
살피다	살펴보다	
새기다	새겨보다	
스치다	스쳐보다	
알다		알아보다
여쭙다	여쭤보다	
우러르다	우러러보다	
지내다		지내보다
지키다	지켜보다	
찌르다	찔러보다	
찾다		찾아보다
톺다		톺아보다
하다	하여보다	해보다('하여보다'의 준말)

훑다	훑어보다
훔치다	훔쳐보다
흘기다	흘겨보다

* 이 표에 제시된 단어는 모두 고정된 것이어서 중간을 띄어 쓰면 안 된다. '보다'를 보조용언으로 쓰는 경우에는 맞춤법에 따라서 띄어쓰기를 한다.

|'-어주다/-아주다'

보조적 연결어미 '-어/-아'에 보조용언 '주다'를 붙여 동사를 만드는 조어법이 있다. 몇몇 동사에 국한하기 때문에 외워두면 좋다. 아래 표에 그 예를 제시한다.

	-어주다	-아주다	변형('어/아' 생략)
갈다		갈아주다	
건네다			건네주다
내다			내주다
넘기다	넘겨주다		
노느다		노나주다	
놓다		놓아주다	놔주다('놓아주다'의 준말)
돕다		도와주다	
뒤보다		뒤보아주다	
들다	들어주다		
들리다	들려주다		
모르다		몰라주다	

몰다		몰아주다	
물리다	물려주다		
밀다	밀어주다		
벼르다	별러주다		
보다		보아주다	봐주다('보아주다'의 준말)
빌리다	빌려주다		
알다		알아주다	
접다	접어주다		
죽이다	죽여주다		
찌르다	찔러주다		
추다	추어주다		춰주다('추어주다'의 준말)
치다	쳐주다		
퉁기다	퉁겨주다		
흘리다	흘려주다		

* 이 표에 제시된 단어는 모두 고정된 것이어서 중간을 띄어 쓰면 안 된다. '주다'를 보조용언으로 쓰는 경우에는 맞춤법에 따라서 띄어쓰기를 한다.

| '-어하다/-아하다'와 '-어지다/-아지다'

보조적 연결어미 '-어/-아'에 보조용언 '하다'나 '지다'를 붙여 동사를 만드는 조어법이 있다. 첫째, 주관적인 감정을 나타 내는 형용사는 '-어하다/-아하다'나 '-어지다/-아지다'를 붙여 동사를 만들 수 있다. 아래 표에 그 몇 가지 예를 제시한다.

형용사	-어하다	-아하다	-어지다	-아지다
기쁘다	기뻐하다		기뻐지다	
괴롭다	괴로워하다		괴로워지다	
반갑다	반가워하다		반가워지다	
수줍다	수줍어하다		수줍어지다	
싫다	싫어하다		싫어지다	
언짢다		언짢아하다		언짢아지다
좋다		좋아하다		좋아지다

둘째, 상태를 나타내는 형용사나 일부 동사에 '-어지다/-아지다'를 붙여 새로운 동사를 만들 수 있다. 아래 표에 그 몇 가지 예를 제시한다.

		-어지다	-아지다
형용사	깊다	깊어지다	
	가늘다	가늘어지다	
	많다		많아지다
	높다		높아지다
동사	기울다	기울어지다	
	믿다	믿어지다	
	씻다	씻어지다	
	볶다		볶아지다
	찾다		찾아지다

○ '-고'

'-고'를 앞에서 대등적 연결어미로 설명한 바 있다. 그런데 이 어미는 본용언을 뒤에 오는 보조동사와 연결하기도 한다. 이 경우에는 보조용언은 본동사의 동작에 특별한 방향을 제시한다. '-고' 뒤에 연결되는 보조용언은 다양하다. 아래에 그 예를 들어 놓았다. 그리고 각 보조용언이 본동사를 어떻게 운용하는지 설명해 놓았다. 이 어미 뒤에 '도', '만' 등의 여러 보조사를 붙일 수 있다는 점도 미리 밝혀 둔다.

- 아이가 밖에서 울고 있다. (보조동사: 있다)
- 빨리 해외여행을 가고 싶다. (보조형용사: 싶다)
- 우선 사람을 살리고 보자. (보조동사: 보다)
- 사정을 듣고 보니 네 말이 맞는 것 같다. (보조동사: 보다)
- 숙제를 하고 나니 속이 후련하다. (보조동사: 나다)
- 뭘 그렇게 따지고 드니. (보조동사: 들다)
- 결국 우리 팀이 지고 말았다. (보조동사: 말다)
- 우리 함께 천년만년 살고 지고. (보조동사: 지다)

위 예문은 보조적 연결어미 '-고'로 연결될 수 있는 대부분의 형태를 제시한 것이다. 여기에 쓰인 보조용언들이 원래의 의미에서 벗어나 본동사에 어떤 방향성을 제시하는지 검토해 보자.

- -고 있다: 본동사가 현재 진행 중이다.
- -고 싶다: 본동사를 바라는 마음이다.
- -고 보다: 본동사를 일단 행하다.
- -고 나다: 본동사를 완료하다.
- -고 들다: 철저하게 본동사를 행하다.
- -고 말다: 안타깝게 본동사가 실현되다.
  기어이 본동사를 실현하다.
- -고 지고: 본동사가 실현되기를 바라다.

그리움

현미정

물무늬처럼 이는
그리움

보고파 허전해서
차 한 잔 타 놓고 보니
혼자 너무 외로워
마시지 못하고

찻잔 속 얼비치는
그 모습 더 그립고

보고파

내 맘 그대 창가에
<u>서성이고 있네</u>

'타 놓고 보니'는 보조용언이 이중으로 연결된 형태이다. '타 놓고'에는 어미 '-아'가 생략된 채 본용언과 보조용언이 연결되어 있고, '놓고 보니'에서 다시 보조용언 '보다'가 '-고'로 연결되어 있다. '-아 놓고'는 본동사를 행한 상태로 둠을 의미한다는 점을 '-어/-아'에서 설명한 바 있다. '-고 보다'는 일단 앞의 행동을 했음을 의미한다. '서성이고 있네'는 서성이는 행위를 지금 하는 중임을 나타낸다. '마시지 못하고'에 쓰인 어미 '-고'는 문장과 문장을 대등하게 연결하는 기능을 하고, '그립고 보고파'에 쓰인 어미 '-고'는 단어와 단어를 대등하게 연결하는 기능을 하는 대등적 연결어미이다.

○ '-게'

보조동사 '하다'나 '되다'의 앞에 와서 본동사의 동작을 지시하거나 그대로 이루어짐을 나타내는 데 쓰이는 어미이다. 어미 뒤에 보조사가 붙는 경우가 많다.

• 영호가 동생에게 마루를 닦<u>게</u> 했다.

- 형에게는 노래를 부르게 하고 나에게는 춤을 추게 했다.
- 대신들의 농간으로 결국 나라가 망하게 되었다.
- 이곳에 길이 나게 되어 교통이 무척 편리해졌다.

봄이 그냥 지나요

김용택

올 봄에도
당신 마음 여기 와 있어요
여기 이렇게 내 다니는 길가에 꽃들 피어나니
내 마음도 지금쯤
당신 발길 닿고 눈길 가는 데 꽃 피어날 거예요
생각해 보면 마음이 서로 곁에 가 있으니
서로 외롭지 않을 것 같아도
우린 서로
꽃 보면 쓸쓸하고
달 보면 외롭고
저 산 저 새 울면
밤새워 뒤척여져요
마음이 가게 되면 몸이 가게 되고
마음이 안 가더래도
몸이 가게 되면 마음도 따라가는데

마음만 서로에게 가서

꽃 피어나 그대인 듯 꽃 본다지만

나오는 한숨은 어쩔 수 없어요

당신도 꽃산 하나 갖고 있고

나도 꽃산 하나 갖고 있지만

그 꽃산 철조망 두른 채

꽃 피었다가

꽃잎만 떨어져 짓밟히며

이 봄이 그냥 지나고 있어요.

'몸이 가게 되면 마음이 가게 되고'는 '몸이 가면 마음이 가고'와 대비하여 생각하면 '-게 되다'의 의미를 이해할 수 있다. '-게 되다'는 주어의 의지가 개입하지 않는다. 자연스럽게 또는 다른 외부의 힘에 의해서 수동적으로 이루어짐을 의미한다. '-게 하다'가 남에게 시키는 의미를 갖는 것과 반대되는 방향이다.

○ '-지'

본용언을 부정하거나 금지하려 할 때 사용하는 보조적 연결어미이다. 주로 '-지 않다', '-지 못하다', '-지 말다' 같은 어구로 사용된다. 이 어미에 다양한 보조사가 붙어 '-지만', '-지도', '-지는'처럼 쓰인다.

- 이건 여기에 쓰기에 좋지 않다. (본용언을 부정)
- 길이 막혀 거기 가지 못해. (본용언의 가능성을 부정)
- 실내에서는 떠들지 마라. (본용언을 금지)
- 거기에 가지만 마세요. (한정 기능을 하는 보조사 '만' 추가)
- 날씨가 좋지는 않다. (양보 기능을 하는 보조사 '는' 추가)
- 그렇다고 읽지도 못해? (포함 기능을 하는 보조사 '도' 추가)

그 복숭아나무 곁으로

나희덕

너무도 여러 겹의 마음을 가진
그 복숭아나무 곁으로
나는 왠지 가까이 가고 싶지 않았습니다
흰꽃과 분홍꽃을 나란히 피우고 서 있는 그 나무는 아마
사람이 앉지 못할 그늘을 가졌을 거라고
멀리로 멀리로만 지나쳤을 뿐입니다
흰꽃과 분홍꽃 사이에 수천의 빛깔이 있다는 것을
나는 그 나무를 보고 멀리서 알았습니다
눈부셔 눈부셔 알았습니다
피우고 싶은 꽃빛이 너무 많은 그 나무는
그래서 외로웠을 것이지만 외로운 줄도 몰랐을 것입니다
그 여러 겹의 마음을 읽는 데 참 오래 걸렸습니다

흩어진 꽃잎들 어디 먼 데 닿았을 무렵
조금은 심심한 얼굴을 하고 있는 그 복숭아나무 그늘에서
가만히 들었습니다 저녁이 오는 소리를

'가고 싶지 않았습니다'는 이중으로 보조용언이 붙은 모습
이다. '가고 싶다'는 소망을 나타내고, '싶지 않다'는 그 소망
을 부정한다. 한국어에서 부정 표현은 대체로 '-지 아니하다
(않다)', '-지 못하다', '-지 말다'의 형태를 사용한다. 과거 시
제로 쓰는 경우에는 '-지 아니하였다(않았다)', '-지 못했다'처
럼 보조용언을 과거형으로 바꾼다.
'앉지 못할'은 앉을 수 없음을 의미한다. 이 시는 복숭아나무
와 나 사이의 소통을 주제로 삼고 있다. 두 가지 색(두 마음)
을 피우는 꽃이라는 선입견을 가지고 복숭아나무를 볼 때에
는 그 근처에 가기도 싫었다. 하지만 복숭아꽃에는 수많은
색깔이 있음을 알고, 복숭아나무가 더 많은 색깔의 꽃을 피
우고 싶지만 그러지 못한 안타까운 마음을 몰라주는 일로
무척 외로웠을 것이라는 생각을 한다. 이에 여러 겹의 마음
을 가진 복숭아나무를 이해하게 되어 그 그늘에서 많은 이
야기를 하려는 마음을 갖게 된 것을 표현한 것으로 이해한
다. 즉, 겉으로만 보고 상대를 가볍게 판단하여 배척하는 잘
못을 경계하는 시일 것이다.

7장

종결어미의

쓰임새

종결어미란

문장을 마칠 때 쓰는 어미가 종결어미이다. 그런데 한국인은 종결어미를 매우 섬세하고 조심스럽게 사용한다. 그 이유는 종결어미에 따라서 그 사람의 마음 상태가 드러나기 때문이다. '여기가 거기다.'와 '여기가 거기냐?'와 '여기가 거기구나.'의 차이를 생각해 보라. 종결어미에 따라서 듣는 사람의 대응이 전혀 달라지지 않겠는가.

우리는 이런 차이를 서법이라는 개념으로 설명한다. 또, '날씨가 참 좋구나.'와 '날씨가 참 좋습니다.'의 차이를 생각해 보라. 손아랫사람에게 하는 말과 손윗사람에게 하는 말의 차이가 있다. 우리는 이런 차이를 높임법이라는 범주로 설명한다. 이렇게 보면 종결어미는 서법과 높임법이라는 개념에 따라서 정해진 형태의 종결어미가 사용됨을 알 수 있다.

지금부터 그 이야기를 해 보려 한다. 한국어에서는 서법을 평서법, 의문법, 명령법, 청유법, 감탄법으로 나누어 설명한다. 설명의 편의상 서법을 중심으로 높임법을 감안하며 설명해 나가겠다.

평서법의 종결어미: '-다', '-소', '-ㅂ니다'

평서법은 말하고자 하는 내용을 객관적으로 설명하고 서술
하는 어법을 가리키는데, 이 서법에는 '-다', '-는다'를 비롯하
여 높임의 정도에 따라서 여러 어미가 쓰인다.

산길

양주동

산길을 간다, 말없이
호올로 산길을 간다.

해는 져서 새소리 그치고
짐승의 발자취 그윽히 들리는

산길을 간다, 말없이
밤에 호올로 산길을 간다.

고요한 밤

어두운 수풀

가도 가도 험한 수풀
별 안 보이는 어두운 수풀

산길은 <u>험하다</u>.
산길은 <u>멀다</u>.

꿈같은 산길에
화톳불 하나.

(길 없는 산길은 언제나 끝나리)
(캄캄한 밤은 언제나 새리)

바위 위에
화톳불 하나.

이 시에는 '간다', '험하다', '멀다'에 종결어미 '-ㄴ다'와 '-다'가
쓰였다. '-ㄴ다'는 받침 없는 어간의 동사 뒤에 쓰였고, '-다'는
형용사에 쓰였다. 가장 대표적인 평서형 종결어미가 바로 이
두 어미이다. 형용사에는 '-다', 받침 없는 어간의 동사에 쓰이
고, 받침 있는 어간의 동사에는 '-는다'가 쓰인다.

이들 어미는 상대를 낮추는 경우에 쓰이는데, 대체로 상대를

의식하지 않고 단지 자기 생각이나 느낌을 서술하는 용도로 두루 쓰인다. 마치 이 책에 쓰인 종결어미가 낮춤을 나타내는 어미이지만 독자를 낮출 의도를 가진 것이 아닌 것과 같다. 이 시에서 가도 가도 끝이 보이지 않는 산길, 결코 샐 것 같지 않은 어두운 밤이란 바로 나라를 빼앗긴 고통의 상황을 상징하는 표현일 것이다.

조선은 술을 먹인다

심훈

조선은 마음 약한 젊은 사람에게 술을 먹인다.
입을 어기고 독한 술잔으로 들어붓는다.

그네들의 마음은 화장(火葬)터의 새벽과 같이 쓸쓸하고
그네들의 생활은 해수욕장의 가을처럼 공허하여
그 마음 그 생활에서 순간이라도 떠나고저 술을 마신다.
아편 대신으로 죽음 대신으로 알콜을 삼킨다.

가는 곳마다 양조장이요 골목마다 색주가다
카페의 의자를 부수고 술잔을 깨뜨리는 사나이가
피를 아끼지 않는 조선의 '테러리스트'요,
파출소 문 앞에 오줌을 깔기는 주정꾼이

이 땅의 가장 용감한 반역아란 말이냐?
그렇다면 전한목(電桿木)을 붙안고 통곡하는 친구는
이 바닥의 비분(悲憤)을 독차지한 지사(志士)로구나.

아아 조선은, 마음 약한 젊은 사람에게 술을 먹인다.
뜻이 굳지 못한 청춘들의 골[腦]을 녹이려 한다.
생재목에 알콜을 끼얹어 태워버리려 한다.

이 시에 쓰인 종결어미는 '-ㄴ다/-는다'와 '-다' 두 가지이다.
'-ㄴ다/-는다'는 동사의 어미로 쓰였고, '-다'는 서술격조사
'이다'의 어미로 쓰였다. 이 시를 읽다 보면 일제 강점기의 상
황이 떠오르기 전에 박정희, 전두환의 폭압 정권이 떠오르면
서 이상하게 두 시기에 젊은이들이 느꼈을 법한 분노와 무
력감이 닮아 보인다. 광복과 민주화를 이룬 현재의 대한민국
젊은이들은 축복받은 사람들임이 틀림없다.

바다의 마음

이육사

물새 발톱은 바다를 할퀴고
바다는 바람에 입김을 분다.
여기 바다의 은총이 잠자고 있다.

흰 돛[白帆]은 바다를 칼질하고
바다는 하늘을 간질여 <u>본다</u>.
여기 바다의 아량(雅量)이 간직여 <u>있다</u>.

낡은 그물은 바다를 얽고
바다는 대륙을 푸른 보로 <u>싼다</u>.
여기 바다의 음모(陰謀)가 서리어 <u>있다</u>.

이 시에는 '분다', '본다', '싼다'의 어미 '-ㄴ다'와 '있다'의 어
미 '-다'가 종결어미이다. 어미 '-ㄴ다'는 각 연의 종결어미로
쓰임으로써 마치 각운을 의도적으로 형성한 것 같다. '있다'
도 각 연의 마지막 서술어의 종결어미로 쓰여 운을 돋운다.
어미를 잘 쓰면 이처럼 의도하건 의도하지 않건 각운이 형성
되어 리드미컬하게 읽힌다.

봄이 오는 소리

김설하

지금 너 떠나간 자리
봄 냄새 부풀어 올라
널 다시 만날 날 있을 때

웃으며 맞이할 수 있기를

눈물 보이지 <u>않을게</u>
아쉬움 감춘 엷은 미소로
<u>떠나보낼게</u>
네 기억 속에 날인되었던
나를 너도 <u>잊으렴</u>

소롯한 들길
잔설 위에 찍었던 우리 발자국
녹아 없어지는 소리가 들리면
먼 날 다시 만날 수 없어도 <u>좋아</u>

온 산을 진달래 붉게 수놓아
화사한 봄빛으로 치장하면
실개천 흐르는 저 언덕 위에
나 서 있을 테니
안녕이라는 말도
이제 슬프지 <u>않아</u>

이 시에는 '않을게', '떠나보낼게', '잊으렴', '좋아', '않아'가
종결어미를 갖춘 서술어이다. 여기에 쓰인 종결어미 '-을
게/-ㄹ게', '-으렴', '-아'가 모두 평서법의 종결어미이다. 높

임법으로는 모두 상대를 낮추는 데 쓰이는 어미이다. 제목이 '봄이 오는 소리'인 반면에 내용은 헤어짐을 말하고 있어서 독자를 어리둥절하게 만들지만 감성적인 시어들이 공감을 일으킨다. '눈'이나 '잔설'을 아쉬워하는 마음이 진달래 만발한 봄빛으로 위로가 되는 것 같다.

| 평서법 종결어미와 높임법 그리고 시제

위에 제시한 종결어미 외에도 평서법에 쓰이는 종결어미는 훨씬 더 많이 있다. 특히 높임법에 따라서 여러 종결어미가 쓰인다. 이것들을 표로 제시하면 아래와 같다.

서법		격식체		비격식체	
		높임	낮춤	높임	낮춤
평서법	동사	-ㅂ니다 -습니다 -오 -으오	-ㄴ다 -는다 -게 -네	-아요 -어요	-아 -어
	형용사	-ㅂ니다 -습니다 -소 -오 -으오	-다	-아요 -어요	-아 -어

위 표에 있는 어미는 현재 시제에 쓰이는 것들이다. 과거 시제를 위해서는 어미 앞에 과거 선어말어미 '-었-/-았-'을 붙

여 '-었습니다/-었소/-었다/-었어요/-었어'의 형태를 사용한
다. 미래 시제에는 선어말어미 '-겠-'을 붙여 '-겠습니다/-겠
소/-겠다/-겠어요/-겠어'를 쓰기도 하고 '-리다', '-리라', '-리
오'의 형태를 쓰기도 한다.

의문법의 종결어미: '-냐/-니', '-ㅂ니까'

의문법이란 듣는 상대방에게 대답을 요구하는 어법이다. 이 어법에 쓰이는 종결어미로 '-느냐', '-ㅂ니까/-습니까', '-냐/-으냐'를 비롯해서 높임의 정도에 따라서 여러 어미가 쓰인다.

이 밤이 너무나 길지 않습니까?

신석정

젊고 늙은 산맥들을
또
푸른 바다의 거만한 가슴을 벗어나
우리들의 태양이
지금은 어느 나라 국경을 넘고 <u>있겠습니까</u>?

어머니
바로 그 뒤
우리는 우리들의 화려한 꿈과
금시 떠나간 태양의 빛나는 이야기를

한참 소곤대고 있을 때
당신의 성스러운 유방같이 부드러운 황혼이
저 숲길을 걸어오지 <u>않았습니까?</u>

어머니
황혼마저 어느 성좌로 떠나고
밤—
밤이 왔습니다
그 검고 무서운 밤이 또 왔습니다

태양이 가고
빛나는 모든 것이 가고
어둠은 아름다운 전설과 신화까지도 먹칠하였습니다
어머니
옛이야기나 하나 들려주세요
이 밤이 너무나 길지 <u>않습니까?</u>

이 시에는 의문형 종결어미로 '-습니까'가 사용되었다. 받침
이 없는 어간에는 '-ㅂ니까'가 쓰인다. '아름다운 전설과 신화
까지도 먹칠한' '검고 무서운 밤'을 이겨 내기 위해서는 옛이
야기가 필요하다. 그리고 이런 시도 필요할 것이다.

그네들의 비밀을 누가 압니까

황석우

칠월 칠일 칠석날에
견우성과 직녀성이
높은 하늘 위에서
밤 이슥토록 단둘이 만나는 그 비밀을 누가 <u>압니까</u>!
아아 그 비밀을 누가 <u>압니까</u> 정든 남녀와 같이
또는 어느 나라의 밀사와 같이 사람 피해
멀고 높은 하늘 위에서 한 해에 꼭꼭 한 번씩 만나는
그네들의 비밀을 누가 <u>압니까</u>!

이 시는 세 개의 문장으로 이루어졌는데 각 문장의 서술어는 모두 '압니까'이다. 그리고 이 서술어에 의문형 종결어미 '-ㅂ니까'가 쓰였다. '알다'가 'ㅂ' 소리 앞에서 불규칙활용을 하여 'ㄹ'이 탈락한 형태인데, 자기에게 묻는 독백 형식으로 표현한 것이다. '-ㅂ니까'는 상대를 높이는 기능을 한다. 상대를 낮춘다면 '-느냐'나 '-니'를 썼을 것이다. 시인의 시대를 염두에 둔다면 이 시는 독립투사들의 은밀한 활동을 견우와 직녀의 만남으로 풀이한 것이 아닌가 생각한다.

너에게 묻는다

안도현

연탄재 함부로 발로 차지 마라
너는
누구에게 한 번이라도 뜨거운 <u>사람이었느냐</u>

촌철살인의 짧은 시이다. '-느냐'를 붙여 정색하고 묻는 준엄함을 나타냈다. '-느냐' 대신에 '-냐'나 '-니'를 붙이면 가벼워져서 준엄함이 줄어든다.

| 의문법 종결어미와 높임법 그리고 시제

위에 제시한 종결어미 외에도 의문법에 쓰이는 종결어미는 몇 개 더 있다. 특히 높임법에 따라서 다른 종결어미가 쓰인다. 이것들을 표로 제시하면 아래와 같다.

아래 표에 있는 어미는 현재 시제에 쓰이는 것들이다. 과거 시제를 위해서는 어미 앞에 과거 선어말어미 '-었-/-았-'을 붙여 '-었습니까/-었소/-었는가/-었느냐/-었니/-었어요/-었어?'의 형태를 사용한다. 미래 시제에는 '-ㄹ까/-ㄹ래?' 형태를 쓴다.

서법		격식체		비격식체	
		높임	낮춤	높임	낮춤
의문법	동사	-ㅂ니까? -습니까? -오? -으오?	-냐? -느냐? -는가? -니?	-아요? -어요?	-아? -어?
	형용사	-ㅂ니까? -습니까? -소? -오? -으오?	-냐? -으냐? -ㄴ가? -은가? -니?	-아요? -어요?	-아? -어?

명령법의 종결어미: '-어라/-아라', '-세요'

명령법은 듣는 상대방에게 무엇을 지시하거나 명령 또는 부탁을 하는 의미를 나타내는 어법이다. 대표적인 명령형 종결어미로는 '-어라/-아라'가 있다. 명령법에 쓰이는 종결어미로 높임법에 따라서 '-십시오', '-게' 등이 있다.

변방으로 가라!

김칠선

그대, 글을 쓰려거든 변방으로 <u>가라</u>
고독한 광야에서 어둠과 맞서
첫 칼을 휘두르다 피 흘리는
아스라한 곳의 전설이 <u>되어라</u>
꽃향기도 알지 못하는 담장을 넘어
단지 인류의 한 사람으로
너의 글 하나로 쓰러져
바람에 실려 오는 인향(人香)이 <u>되어라</u>
물밀듯 밀려오는 황금만능에 맞서

야망과 욕망으로 점철된 출세주의에 맞서
생존경쟁의 폐허 속에서
냉혹한 이들과 한판 승부를 펼쳐라
그대 순수함의 방패와 열정의 창으로
감정과 언어와 운율이 만든 의미를 더하여
농밀하게 응축된 시를 써라
혹간 가난과 외로움, 고통과 서글픔의 반란이 일더라도
막막하고 분한 감정, 통찰로 이겨내고
시로써 불타는 횃불을 들어라
변방에 홀로 서서 횃불을 들어라

이 시에는 명령형 종결어미 '-어라/-아라'가 두루 쓰였다. '가라'에는 '-아라'의 '아'가 생략되었고, '펼쳐라'는 '펼치어라'가 줄어든 말이어서 그 속에 '-어라'가 들어 있다. 변방에서 '시대의 어둠'과 맞서야 하는 자신에게 스스로 다짐하는 시처럼 보인다.

여자의 사막

신달자

주저앉지 마라 주저앉지 마라
저기 저 사막 끝

푸른 목소리가 있으리니
왼손이 오른손에게
오른손이 왼손에게
타이르고 다시 타이르는
마지막 한순간의 절대의지

발가락이 타들어가는
죽음의 전선을 건너
오직 닿아야 할 곳은
그대 두 손이 잡히는 곳

떠나지 마라 떠나지 마라
내 몸의 절반이 모랫벌에 묻힌들
그대 앞에 당도하는
이 생명은 꺼지지 않아.

'마라'는 '말다'의 명령형으로서 '말아라'가 줄어든 형태이다.
'말아라'를 쓰면 안 되는 것은 아니지만 일반적으로 '마라'를
쓴다는 점을 유념하는 것이 좋겠다. '말다'가 이 시에서는 본
동사를 부정하는 보조용언으로 쓰였다. 시인은 자신에게 주
문을 걸었다. '주저앉지 마라.'

이런 사람과 사랑하세요

김남조

만남을 소중히 여기는 사람과 사랑하세요.
그래야 행여나 당신에게 이별이 찾아와도
당신과의 만남을 잊지 않고 기억해 줄 테니까요.

사랑을 할 줄 아는 사람과 사랑을 하세요.
그래야 행여나 익숙치 못한 사랑으로
당신을 떠나보내는 일은 없을 테니까요.

기다림을 아는 이와 사랑을 하세요.
그래야 행여나 당신이 방황을 할 때
그저 이유 없이 당신을 기다려 줄 테니까요.

기다림을 아는 이와 사랑을 하세요.
그래야 행여나 당신이 방황을 할 때
그저 이유 없이 당신을 기다려 줄 테니까요.

이 시에는 '-세요'가 명령을 나타내는 종결어미로 사용되었다. '-세요'는 '-시어요'가 줄어든 말이다. 이 어미는 이 시에서처럼 명령의 의미로 쓰이지만, 의문법이나 평서법 문장에도 사용된다. 특히 이 어미는 높임을 나타내기 때문에 손윗사람

에게 명령하는 것이므로 정중하게 명령하는 기능을 한다고
보면 좋을 것 같다. '-세요'는 '-십시오'보다 조금 낮은 등급의
높임으로서 주로 입말에 사용된다.

가을의 기도

김현승

가을에는
기도하게 하소서…….
낙엽들이 지는 때를 기다려 내게 주신
겸허한 모국어로 나를 채우소서.

가을에는
사랑하게 하소서…….
오직 한 사람을 택하게 하소서.
가장 아름다운 열매를 위하여 이 비옥한
시간을 가꾸게 하소서.

가을에는
호올로 있게 하소서…….
나의 영혼,
굽이치는 바다와

백합의 골짜기를 지나,

마른 나뭇가지 위에 다다른 까마귀같이.

절대자에게 비는 바를 청유법 종결어미 '-소서'로 나타냈다. '기도하게 하소서'와 '채우소서'의 어법에 차이가 있음을 직감하리라 생각한다. '기도하게 하소서'에서 기도하는 사람은 말하는 사람이지만, '채우소서'에서 채우는 사람은 내가 아닌 절대자이다. '기도하게 하소서'의 구문이 상대로 하여금 내가 기도할 수 있도록 해 달라는 의미인 데 비해서 '채우소서'는 직접 절대자가 채우는 행위를 해 달라고 비는 것이다. 내가 채우는 행위를 할 수 없으니 절대자가 채워 달라는 것이다. 그리고 그 목적물이 바로 모국어이다. 즉 모국어는 내가 채우는 것이 아니라 절대자가 채우는 것임을 시인은 알고 있는 것이다. 잘 아는 바와 같이 언어의 뿌리는 생래적인 것이어서 내가 할 수 있는 일이 제한되어 있다. 더욱이 '겸허한 모국어'라고 했기 때문에 나의 천성에 관련된 모국어라고 말할 수 있다. 이는 나를 겸허한 사람으로 만들어 내가 겸허한 모국어로 말할 수 있게 해 달라는 바람을 의미한다. 시인이 절대자 앞에 어느 정도 겸허한 태도를 취하고 있는지 알 수 있는 대목이다.

| 명령법 종결어미와 높임법

위에 제시한 종결어미 외에도 명령법에 쓰이는 종결어미는 몇 개 더 있다. 특히 높임법에 따라서 다른 종결어미가 쓰인다. 이것들을 표로 제시하면 아래와 같다. 명령형 어미는 형용사에는 쓰지 않는 것이 원칙이다. 그러나 극히 일부 형용사에서는 제한적으로 쓰이고 있다. 주로 '건강하다, 건승하다, 무탈하다'처럼 건강이나 소망에 관련된 형용사가 여기에 속한다.

서법		격식체		비격식체	
		높임	낮춤	높임	낮춤
명령법	동사	-십시오 -오 -으오 -소서	-어라 -아라 -라 -게 (해라)	-세요 -아요 -어요 (해요)	-아 -어 (해)
	극히 일부 형용사	-십시오 -오	-게 (해라)	-세요 (해요)	(해)

| 병원, 은행 사람들의 '-ㄹ게요' 사용과 용어 문제

병원이나 은행에 가면 으레 '아무개 님, 들어오실게요.'나 '아무개 손님, 앞으로 오실게요.' 같은 말을 듣게 된다. 대개 간호사나 창구 직원들에게서 듣게 되지만 의사나 상급 직원들도 이런 어법을 예사로 사용한다. 이 말의 핵심은 명령법으로 사용하는 종결어미 '-실게요'에 있다.

이 어미는 종결어미 '-ㄹ게'에 주체를 높이는 선어말어미 '-시-'와 상대를 높이는 보조사 '요'를 덧붙인 형태이다. 원래 '-ㄹ게'는 자기의 의지나 약속을 나타내는 종결어미이다. '나는 지금 출발할게.'라고 하면 자기가 지금 출발하겠다는 말이고, '내가 할게.'라고 하면 말하는 사람이 하겠다는 말이다. 말을 듣는 사람이 손윗사람이면 '-ㄹ게'에 보조사 '요'를 붙여 '나는 지금 출발할게요.', '내가 할게요.'라고 한다.

이처럼 '-ㄹ게'는 말하는 사람의 약속이나 의지를 나타내는 종결어미이다. 따라서 여기에 주체를 높이는 선어말어미 '-시-'를 붙이는 것은 어불성설이다. 어찌 자기가 스스로 높일 수 있다는 말인가. '나는 지금 출발하실게요.', '내가 하실게요.' 같은 말이 타당할 리 없다.

그런데 병원이나 은행에서는 상대에게 그렇게 하라고 요구하는 말로 이 어법이 쓰인다. 주체와 객체가 혼란스러운 이런 어법이 왜, 어떻게 해서 생겼는지 정확하게 알 수 없지만, 이 어법의 등장은 한국 사회의 불안정성과 약자의 심리적 불안을 극적으로 나타내고 있다는 생각을 한다. 간호사는 환자 또는 손님에게 '들어가십시오.', '바지를 내리십시오.' 같은 명령법을 꺼리고, 은행 창구에서는 손님에게 '앞으로 오십시오.', '서류를 보여 주십시오.' 같은 명령법을 꺼린다. 이 어법이 상대를 최고로 높이는 어법이지만 일단 손님에게 명령법을 쓴다는 점이 부담스럽다.

그래서 상대에게 하라는 표현을 자신이 하겠다는 표현으로 바꾼다. 이는 마치 상전의 잘못을 하인이 대신 뒤집어쓰면서 '제가 했습니다.'라고 고백하는 것과 같은 처절함이 있다. 간호사가 환자에게 '바지 내리실게요.'라고 하면 십중팔구 환자들은 순간 당황할 것이다. 간호사가 자신의 바지를 벗기겠다는 말로 받아들이기 때문이다. 물론 간호사는 '바지 내리십시오.'의 뜻으로 한 말이지만 말이다. 서비스를 하는 사람들이 손님에게 명령법을 쓰는 것이 부담스러워 명령법을 기피하다 보니 이처럼 이상한 명령법이 나타난 것 같다.

만일 명령법이라는 이름을 조금 부드러운 용어로 '요구법'이라고 바꾸면 이 어법을 쓰는 사람이나 듣는 사람이나 조금 부담이 줄어들지 않을까 생각해 본다. 국어학계가 깊이 고민해 볼 일이라고 생각한다. 정치인들은 '가격 인상'을 '가격 현실화'라고 개념을 바꿔 대중의 반발을 누그러뜨리는 노력을 하지 않는가.

청유법의 종결어미: '-자', '-세', '-ㅂ시다'

청유법은 상대에게 함께 행동할 것을 요청하는 어법이다. 이 어법에 쓰이는 종결어미는 '-자', '-세' 따위가 있다. 높임의 뜻으로는 '-ㅂ시다'가 쓰인다. 청유법도 동사 서술어에서만 나타난다.

엄마야 누나야

김소월

엄마야 누나야 강변 <u>살자</u>.
뜰에는 반짝이는 금모래 빛,
뒷문 밖에는 갈잎의 노래,
엄마야 누나야 강변 <u>살자</u>.

'-자'는 상대를 낮추는 어법이다. 엄마와 누나에게 '살자'라고 한 것은 호격조사 '야'와 호응시킨 것인데, 어린이의 언어로 쓴 시이기 때문에 낮춤을 사용한 것이다. 시인이 어린 시절에 쓴 시일 것이라는 점을 이 어법으로 짐작할 수 있다. 평론

가들은 이 시를 어른인 김소월이 어린 시절을 회상하면서 썼을 거라고 하지만 그렇더라도 시적 화자는 어린이인 것만은 분명하다.

파초

이육사

항상 앓는 나의 숨결이 오늘은
해월(海月)처럼 게을러 은빛 물결에 뜨나니

파초(芭蕉) 너의 푸른 옷깃을 들어
이닷 타는 입술을 축여 주렴

그 옛적 '사라센'의 마지막 날엔
기약 없이 흩어진 두 낱 넋이었어라

젊은 여인들의 잡아 못 논 소매 끝엔
고은 손금조차 아직 꿈을 짜는데

먼 성좌(星座)와 새로운 꽃들을 볼 때마다
잊었던 계절을 몇 번 눈 위에 그렸느뇨

차라리 천년 뒤 이 가을밤 나와 함께
빗소리는 얼마나 긴가 <u>재어보자</u>

그리고 새벽 하늘 어데 무지개 서면
무지개 밟고 다시 끝없이 <u>헤어지세</u>

이 시에 쓰인 청유형 종결어미는 '재어보자'의 '-자'와 '헤어지세'의 '-세'이다. '-자'는 앞에서 설명한 바와 같이 상대를 낮추는 어미이고, '-세'도 상대를 낮추기는 하지만 '-자'보다 조금 높이는 느낌을 준다. 대개 동년배를 높이기 위하여 쓰이고, 때로는 손윗사람이 손아랫사람을 대접해서 말할 때에도 쓰인다.

만들 수만 있다면

도종환

만들 수만 있다면
아름다운 기억만을 만들며 <u>삽시다</u>
남길 수만 있다면
부끄럽지 않은 기억만을 남기며 <u>삽시다</u>

가슴이 성에 낀 듯 시리고 외로웠던 뒤에도

당신은 차고 깨끗했습니다
무참히 짓밟히고 으깨어진 뒤에도
당신은 오히려 당당했습니다
사나운 바람 속에서 풀잎처럼 쓰러졌다가도
우두둑 우두둑 다시 일어섰습니다

꽃 피던 시절의 짧은 기쁨보다
꽃 지고 서리 내린 뒤의 오랜 황량함 속에서
당신과 나는 가만히 손을 잡고 마주 서서
적막한 한세상을 살았습니다
돌아서서 뉘우치지 맙시다
밤이 가고 새벽이 온 뒤에도 후회하지 맙시다

만들 수만 있다면
아름다운 기억만을 만들며 삽시다

이 시에 쓰인 서술어 '삽시다', '맙시다'에 쓰인 어미 '-ㅂ시다'
가 청유법의 종결어미이다. 동사 '살다'와 '말다'가 불규칙활
용을 하기 때문에 '살읍시다'나 '말읍시다'로 활용하지 않고,
'삽시다', '맙시다'로 활용했다. 시인이 독자에게 권하고 싶은
내용을 시로 쓴 것이다.

| 청유법 종결어미와 높임법

위에 제시한 종결어미 외에도 청유법에 쓰이는 종결어미는 몇 개 더 있다. 높임법에 따라서 다른 종결어미가 쓰인다. 이것들을 표로 제시하면 아래와 같다. 청유형 어미는 형용사에는 쓰지 않는 것이 원칙이다.

서법		격식체		비격식체	
		높임	낮춤	높임	낮춤
청유법	동사	-ㅂ시다/-읍시다 -십시다 -오/-으오 -소서/-으소서	-자 -세	-아요 -어요	-아 -어

감탄법의 종결어미: '-구나', '-도다', '-로다'

감탄법은 상대를 의식하지 않고 독백처럼 자기 느낌을 말하는 어법이다. 감탄형 종결어미에는 '-구나/-는구나', '-로구나/-로다/-도다' 따위가 있다.

밤

김수영

부정한 마음아
밤이 밤의 창을 <u>때리는구나</u>
너는 이런 밤을 무수한 거부 속에 헛되이 <u>보냈구나</u>
또 지금 헛되이 보내고 <u>있구나</u>
하늘아래 비치는 별이 <u>아깝구나</u>
사랑이여
무된 밤에는 무된 사람을 축복하자

시인이 독백하듯이 읊은 시이다. 이 시에 쓰인 종결어미는 '-는구나', '-구나'인데, 둘 다 새삼스러운 감정을 표현하는 어미로 감탄의 뜻을 내포한다. 앞에 '부정한 마음아'라고 하여 감탄 조사 '아'를 쓴 것과 이 종결어미가 잘 어울린다. '-는구나'는 동사 어미로 쓰이고, '-구나'는 형용사 어미로 쓰인다. 동사라도 선어말어미 '-었-'이나 '-겠-'이 사용되면 그 뒤에는 '-구나'가 온다. 모두 상대를 낮추는 어법이다.

이 시는 독백의 형식을 빌려서 쓴 것이지만 상대를 낮추는 어법을 사용했다. 만일 상대를 높이려 했다면 '-는군요' 같은 어미를 썼을 것이고, 이에 맞추어 '부정한 마음아'도 '부정한 마음이여'로 바꿨을 것이다. 이렇게 보면 뒤에 오는 '사랑이여'가 종결어미와 어울리지 않음을 알 수 있다.

'이여'는 정중하게 부르는 뜻을 나타내는 조사이기 때문에 앞에 나온 '마음아'의 조사 '아'와 높임이 반대이고, 종결어미 '-는구나', '-구나', '-자'와도 높임이 반대이다. '사랑아'라고 하지 않고 왜 '사랑이여'라고 했을까? 특별히 '사랑'에게는 정중한 표현이 필요했다면 '축복하자'도 높임으로 바꾸는 것이 옳을 것이다. 그렇지 않다면 '사랑이여'가 습관적으로 나온 표현이었을 거라고 생각한다.

백자부白磁賦

김상옥

찬 서리 눈보라에 절개 외려 푸르르고

바람이 절로 이는 소나무 굽은 가지
이제 막 백학(白鶴) 한 쌍이 앉아 깃을 접는다.

드높은 부연 끝에 풍경소리 들리던 날
몹사리 기다리던 그린 임이 오셨을 제
꽃 아래 빚은 그 술을 여기 담아 <u>오도다</u>.

갸우숙 바위 틈에 불로초 돋아나고
채운(彩雲) 비껴 날고 시냇물도 흐르는데
아직도 사슴 한 마리 숲을 <u>뛰어드노다</u>.

불 속에 구워내도 얼음같이 하얀 살결!
티 하나 내려와도 그대로 흠이 지다
흙 속에 잃은 그날은 이리 <u>순박하도다</u>.

백자와 거기에 그려진 십장생도를 보며 백자의 아름다움을
감탄조로 읊은 것이다. '오도다', '하도다'에 쓰인 종결어미
'-도다'가 감탄을 나타내는 어미이다. '불 속에 구워내도 얼
음같이 하얀 살결'은 백자의 아름다움을 대조법을 이용해
서 시각적으로 아주 간결하게 나타낸 멋진 표현이다.

슬픈 구도

신석정

나와
하늘과
하늘 아래 푸른 산뿐이로다

꽃 한 송이 피워낼 지구도 없고
새 한 마리 울어줄 지구도 없고
노루 새끼 한 마리 한 마리 뛰어다닐 지구도 없다

나와
밤과
무수한 별뿐이로다

밀리고 흐르는 게 밤뿐이요
흘러도 흘러도 검은 밤뿐이로다
내 마음 둘 곳은 어느 밤하늘 별이드뇨

이 시에는 어미 '-로다'가 감탄을 나타내는 종결어미로 쓰였다. '-로다'는 '-도다'의 자리에 쓰이는데 더 예스러운 느낌을 준다. 주로 '이다'의 어간 뒤에 쓰인다. '구나', '군'이 '이다' 뒤에서 '이로구나', '이로군'으로 쓰이는 것도 같은 맥락이다.

| 감탄법 종결어미와 높임법

감탄법에는 높임법이 아주 제한적으로 사용된다. 그래서 감탄형 종결어미에 특별히 높임법이 적용된 형태가 별로 없다. 다만, 주체높임의 선어말어미 '-시-'를 붙여 '-시구려', '-시군요/-시로군요', '-시로다'의 형태로 높임을 나타낸다.

서법		격식체		비격식체	
		높임	낮춤	높임	낮춤
감탄법	동사	-구려 -는구려	-는구나 -도다 -는도다	-는군요	-는군
	형용사	-구려	-구나 -도다	-군요	-군
	이다	-구려	-로구나 -로다	-로군요	-로군

시제를 나타내는 선어말어미 '-었-'과 '-겠-'도 '-구려', '-구나', '-군요', '-군', '-도다' 앞에 쓰여 과거나 미래를 나타낼 수 있다.

8장

전성어미의

쓰임새

관형사형 전성어미

전성어미는 동사나 형용사를 명사, 관형사, 부사처럼 기능하게 만드는 어미이다. 명사처럼 만드는 명사형 전성어미에는 '-ㅁ/-음', '-기'가 있고, 관형사처럼 기능하게 만드는 관형사형 전성어미에는 '-ㄴ', '-는/-은', '-ㄹ', '-를/-을'이 있으며, 부사처럼 기능하게 만드는 부사형 전성어미에는 '-게', '-도록'이 있다. 전성어미 중에서 가장 보편적이고 광범위하게 사용되는 관형사형 전성어미부터 설명을 시작한다.

동사나 형용사를 관형사처럼 기능하게 만드는 어미이다. 이 어미가 붙은 것은 문장 안에서 관형사의 기능을 하지만 품사는 동사나 형용사로 다룬다.

낙화

이형기

가야 할 때가 언제인가를
분명히 알고 <u>가는</u> 이의
뒷모습은 얼마나 아름다운가.

봄 한철
격성을 <u>인내한</u>
나의 사랑은 지고 있다.

<u>분분한</u> 낙화……
결별이 <u>이룩하는</u> 축복에 싸여
지금은 가야 <u>할</u> 때,

<u>무성한</u> 녹음과 그리고
머지않아 열매 <u>맺는</u>
가을을 향하여
나의 청춘은 꽃답게 죽는다.

헤어지자.
<u>섬세한</u> 손길을 흔들며
하롱하롱 꽃잎이 <u>지는</u> 어느 날

나의 사랑, 나의 결별,
샘터에 물 고이듯 <u>성숙하는</u>
내 영혼의 <u>슬픈</u> 눈.

이 시에 관형사형 전성어미가 무려 열한 번 쓰였지만 대개

이 어미에 관심을 두지 않을 것이다. 그러나 이들 어미를 잘못 사용하면 문장의 의미가 사뭇 달라진다. '알고 가는'을 '알고 간'으로 전성어미를 바꿔 보고 그 의미가 얼마나 달라지는지 확인해 보라. 이 시에 쓰인 관형사형 전성어미를 아래에 적고 그것들의 기능을 설명해 보겠다. 시의 밑줄 친 낱말을 보기 바란다.

번호	관형어	관형사형 전성어미	기본형	품사	시제
1	할	-ㄹ	하다	동사	미래 시제
2	가는	-는	가다	동사	현재 시제
3	인내한	-ㄴ	인내하다	동사	과거 시제
4	분분한	-ㄴ	분분하다	형용사	
5	이룩하는	-는	이룩하다	동사	현재 시제
6	무성한	-ㄴ	무성하다	형용사	
7	맺는	-는	맺다	동사	현재 시제
8	섬세한	-ㄴ	섬세하다	형용사	
9	지는	-는	지다	동사	현재 시제
10	성숙하는	-는	성숙하다	동사	현재 시제
11	슬픈	-ㄴ	슬프다	형용사	

위 표를 보면 관형사형 전성어미는 동사냐 형용사냐에 따라서 그리고 시제에 따라서 또 어간에 받침이 있느냐 없느냐에

따라서 형태가 다른 어미가 붙는 것을 확인할 수 있다. 다시 말하면 품사, 시제, 받침 유무에 따라서 그에 맞는 어미가 정해져 있다는 말이다. 특히 동사나 형용사가 불규칙활용을 하는 경우에 관형사형도 그에 따라서 변한다는 점에 주의해야 한다. 대표적인 불규칙활용 용언의 관형사형은 아래와 같다.

불규칙 용언	관형사형	관형사형 어미	특징
싣다(동사)	싣는	-는(현재형)	
	실을	-을(미래형)	'ㄷ'이 'ㄹ'로 변함
	실은	-은(과거형)	'ㄷ'이 'ㄹ'로 변함
날다(동사)	나는	-는(현재형)	'ㄹ'이 탈락함
	날	-ㄹ(미래형)	'ㄹ'이 탈락함
	난	-ㄴ(과거형)	'ㄹ'이 탈락함
길다(형용사)	긴	-ㄴ	'ㄹ'이 탈락함
	길	-ㄹ	'ㄹ'이 탈락함
돕다(동사)	돕는	-는(현재형)	
	도울	-을(미래형)	'ㅂ'이 'ㅜ'로 변함
	도운	-ㄴ(과거형)	'ㅂ'이 'ㅜ'로 변함
덥다(형용사)	더운	-ㄴ	'ㅂ'이 'ㅜ'로 변함
	더울	-ㄹ	'ㅂ'이 'ㅜ'로 변함

잇다(동사)	잇는	-는(현재형)	
	이을	-을(미래형)	'ㅅ'이 탈락함
	이은	-은(과거형)	'ㅅ'이 탈락함
하얗다(형용사)	하얀	-ㄴ	'ㅎ'이 탈락함
	하얄	-ㄹ	'ㅎ'이 탈락함

이처럼 관형사형은 낱말의 형태와 시제에 따라서 정해져 있기 때문에 정해진 형태를 쓰지 않으면 잘못 쓰는 것이 된다.

- 차에 짐을 싣는(○)/실는(×) 사람.
- 공중을 나는(○)/날으는(×) 새를 보아라.
- 닭은 날(○)/날을(×) 줄을 모른다.
- 우리를 돕는(○)/도우는(×) 사람이 많다.
- 여기에 이을(○)/잇을(×) 끈이 없다.

부사형 전성어미

동사나 형용사를 부사처럼 기능하게 만드는 어미로서, 뒤에 오는 용언을 수식하게 한다. '-게'와 '-도록'이 대표적이다. 학자에 따라서는 부사형 전성어미를 연결어미로 보기도 하나 여기서는 부사형 전성어미를 인정하여 제시한다.

조용한 이웃

황인숙

부엌에 서서 창 밖을 본다
높다랗게 난 작은 창 너머에
나무들이 살고 있다
이따금 그들의 살림살이를 들여다본다
까치집 세 개와 굴뚝 하나는 그들의 살림일까?
꽁지를 까딱거리는 까치 두 마리는?
그 나무들은 수수하게 사는 것 같다
잔가지들이 무수히 많고 본줄기도 가늘다
하늘은 그들의 부엌

오늘의 식사는 얇게 저며서 차갑게 식힌 햇살
그리고 봄기운을 두 방울 떨군
잔잔한 바람을 천천히 오래도록 씹는 것이다.

이 시에서 '높다랗게', '수수하게', '얇게', '차갑게'가 부사형
전성어미 '-게'를 이용해서 형용사를 부사처럼 기능하게 만
든 것이다. 이것들은 바로 부사어 뒤에 오는 동사 '난', '사는',
'저며서', '식힌'을 수식하게 한다. 이 수식들이 동사를 얼마나
풍부하고 의미 있게 해 주는지 알 수 있을 것이다.

명사형 전성어미

동사나 형용사를 명사처럼 사용하고자 할 때 명사형 전성어
미를 사용하게 되는데 그런 어미로 '-ㅁ/-음'과 '-기'가 있다.
명사형 전성어미 뒤에 조사가 붙는 것은 매우 자연스럽다. 명
사 뒤에 조사가 붙는 것과 전혀 다르지 않다.

당신은

한용운

　당신은 나를 보면 왜 늘 <u>웃기</u>만 하셔요. 당신의 찡그리는
얼굴을 좀 보고 싶은데.
　나는 당신을 보고 <u>찡그리기</u>는 싫어요. 당신은 찡그리는 얼
굴을 <u>보기</u> 싫어하실 줄을 압니다.
　그러나 떨어진 도화가 날아서 당신의 입술을 스칠 때에, 나
는 이마가 찡그려지는 줄도 모르고 울고 싶었습니다.
　그래서 금실로 수놓은 수건으로 얼굴을 가렸습니다.

이 시에서 '웃기만', '찡그리기는', '보기'에 쓰인 어미 '-기'가

명사형 전성어미이다. '나를 보면 늘 웃는다.'와 '당신을 보고 찡그린다.'와 '찡그리는 얼굴을 본다.' 세 문장을 모두 명사로 만들어 놓은 것이 바로 명사형 전성어미 '-기'이다. 동사 '웃다', '찡그리다', '보다'를 명사처럼 만들어 그 뒤에 조사를 붙인 것을 보면 어미 '-기'의 명사적 구실을 짐작할 수 있을 것이다.

완화삼玩花衫 _목월에게

조지훈

차운산 바위 위에 하늘은 멀어
산새가 구슬피 울음 운다.

구름 흘러가는
물길은 칠백 리

나그네 긴 소매 꽃잎에 젖어
술 익는 강마을의 저녁 노을이여.

이 밤 자면 저 마을에
꽃은 지리라.

다정하고 한 많음도 병인 양하여
달빛 아래 고요히 흔들리며 가노니…….

'다정하고 한 많음도'에 쓰인 '-음'이 명사형 전성어미이다. '다정하고도 한 많다.'를 명사절로 만들어 그 뒤에 조사를 붙였다. 이처럼 명사형 전성어미는 하나의 문장을 하나의 명사처럼 만들어 쓸 수 있게 하는 기능을 가졌다.

여담을 하나 하자면, 이 시는 조지훈이 꽃적삼을 좋아하는 박목월에게 부친 시로서 시인의 그림같이 섬세한 표현이 돋보인다. 세상의 잡다한 것을 여의고 유유히 자연과 함께 자적하는 나그네의 심정을 읊은 서정시이다. 이 시를 선물로 받은 박목월이 조지훈에게 써 보낸 시가 〈나그네〉이다.

두 시인이 '나그네'를 두고 나눈 시담을 음미하는 것도 재미있는 일이 될 것 같다. 두 시인에게 나그네는 술 익는 마을의 저녁놀을 감상하면서 거기에 매이지 않고, '달빛 아래 고요히 흔들리며' 또는 '구름에 달 가듯이' 유랑하는 자유인이다. 아마 나그네는 이 두 사람의 자화상일 것이다. 참고로 이 두 시는 《상아탑》 4월호(1946년)에 실렸고, 이 두 시가 세상에 나오게 된 배경을 1954년에 간행된 박목월의 시집 《산도화》의 발문에서 조지훈이 설명해 주었다.

9장

선어말어미의

쓰임새

주체높임법에 쓰이는 선어말어미 '-시-'

선어말어미는 어미처럼 용언의 구성 요소는 아니다. 다만, 문법적 구실, 곧 높임과 시제를 나타내기 위해서 어간과 어미 사이에 끼어들어 쓰이는 문법 요소일 뿐이다. 선어말어미 중에는 높임을 나타내는 '-시-', 과거 시제를 나타내는 '-었-/-았-', 과거 경험을 전달하는 기능을 하는 '-더-', 미래 시제를 나타내는 '-겠-'이 중요하다. 그 밖에도 겸양을 나타내는 '-사옵-', '-삽-', '-사오-', '-자오-', '-오-/-으오-' 등이 있다.

'-시-'는 어떤 사람을 높이기 위해서 그의 동작이나 상태를 나타내는 용언의 어미 앞에 붙이는 말이다. '-시'를 이용해서 사람을 높이는 법을 용언의 주어를 높이기 때문에 주체높임법이라고 부른다. 서술어의 주체를 높이기 때문에 붙은 이름이다.

- 엄마가 빨리 <u>오시면</u> 좋겠다. (오-, -시-, -면)
- 엄마가 옷을 언제 사 <u>주실지</u> 모르겠어. (주-, -시-, -ㄹ지)
- 우리 할아버지는 키가 무척 <u>크시다</u>. (크-, -시-, -다)
- 선생님은 어디에 <u>묵으시니</u>? (묵-, -으시-, -니)

281

위 예문은 모두 주어인 '엄마', '할아버지', '선생님'을 높이는 문장인데 그 높임의 뜻이 용언('오다', '주다', '크다', '묵다')에 쓰인 '-시-'에 의해서 나타난다. '-으시-'는 '-시-'가 받침 있는 어간 뒤에 붙을 때 소리를 편하게 내기 위해서 바뀐 형태이다.

• 우리는 돌아가신 분을 추모하려고 모였다. (돌아가-, -시-, -ㄴ)
• 기분이 좋으실 때 말씀드리는 게 좋겠다. (좋-, -으시-, -ㄹ)
• 몸이 아프실지 모르니 조심해서 모셔라. (아프-, -시-, -ㄹ지)

위 문장에 쓰인 '-시-'는 전체 문장의 주어를 높이는 것이 아니라 관형절이나 종속절의 주어(생략되어 나타나지 않은 주어임)를 높인다. 이처럼 '-시-'는 그 동사나 형용사의 주체를 높인다는 점을 잊지 말아야 한다. 특히 '몸이 아프실지 모르니'에서 '몸이'가 문장의 주어가 아니라 '몸이 아프시다'가 문장의 서술절이고 생략된 주어가 따로 있다는 점도 잊지 말 일이다.

세상을 만드신 당신께

박경리

당신께서는 언제나
바늘구멍만큼 열어주셨습니다
그렇지 않았다면

어떻게 살았겠습니까

이제는 안 되겠다
싫었을 때도
당신이 열어주실
틈새를 믿었습니다
달콤하게
어리광부리는 마음으로

어쩌면 나는
늘 행복했는지
행복했을 것입니다
목마르지 않게

천수(天水)를 주시던 당신
삶은 참 아름다웠습니다

이 시에서 '열어주셨습니다', '열어주실', '주시던'에 주체높임
법이 사용되었다. '-시-'가 실제로 쓰일 때에는 이처럼 뒤에
오는 어미와 결합하여 형태가 자주 바뀐다.

과거 선어말어미 '-었-/-았-'

과거 시제를 나타내기 위해서 사용하는 어미로 '-었-/-았-'이 있다. 어간의 끝음절 모음이 'ㅏ'나 'ㅗ'이면 '-았-'을 붙이고, 그 밖의 모음이면 '-었-'을 붙이는 것이 원칙이지만 아래와 같이 다양한 형태로 바뀌어 사용된다.

• 보다-보았다-봤다, 안다-안았다, 짧다-짧았다
• 주다-주었다-줬다, 싫다-싫었다, 넓다-넓었다
• 사다-샀다, 가다-갔다, 차다-찼다
• 서다-섰다, 건너다-건넜다
• 담그다-담갔다, 조르다-졸랐다, 바르다-발랐다
• 크다-컸다, 부르다-불렀다, 누르다-눌렀다
• 지다-졌다, 버리다-버렸다, 놀리다-놀렸다, 보이다-보였다
• 반갑다-반가웠다, 춥다-추웠다
• 하다-하였다-했다

꿈

김수향

네가 그리워 너무나 그리워
잠든 사이
네가 와 주었구나
생시같이
너무 기뻐 달려 나가
맞이해야 할 텐데
왜 그렇게 멀뚱이 보고만 섰던지

한 많은 날들이 흘러갔지만
아직도 그리움은
열꽃으로 피어나고
봄이 오니 아물었던 상처가 도지려는지

봄비 내리는 밤
꿈속에서 네가 너무 나를 찾으니
깨고 나니 허망한
꿈이었더라

이 시는 과거의 어느 시점에 있었던 일을 회상하며 쓴 것이
다. 과거 시제는 '와 주었구나', '흘러갔지만', '아물었던' 속에

구현되어 있다. 이에 비해 현재의 상황은 '상처가 도지려는지'에 나타나 있다. '꿈이었더라'는 '꿈이더라'와 사뭇 다른 시제라는 점을 알 수 있을 것이다. 이는 과거 어느 시점에 끝난 경험임을 나타낸다. '꿈이었다'는 사실을 과거에 알았다는 뜻이다. 만일 지금 알았다면 '꿈이더라'라고 써야 한다. 이처럼 현재 시점 이전의 과거가 아니라 과거의 어느 시점에 끝난 일을 나타내기 위하여 '-었더-'처럼 과거를 나타내는 선어말 어미를 중복하여 쓴다.

대과거 '-았었-/-었었-'

시에는 과거 시제를 나타내는 선어말어미 '-았-/-었-'을 겹쳐
사용하는 형태가 나타나기도 한다. 영어에서 과거완료라는
시제에 상응하는 것인데, 학교 문법에서는 이를 별도로 구별
하여 설명할 실익이 크지 않다. 그러므로 과거 시제로 통합
해서 설명하지만 일반적인 과거 시제와는 좀 다른 점이 있기
때문에 이 책에서는 별도로 설명을 해 보려 한다.

과거의 일은 모두 선어말어미 '-았-/-었-'으로 나타낼 수 있
다. 그런데 어떤 경우에는 그것만으로 표현하기가 어렵다. 아
래 두 문장의 차이를 보면 쉽게 알 수 있다.

① 그는 미국에 갔다.
② 그는 미국에 갔었다.

①번 문장은 그는 지금 미국에 있다는 말이다. 현재 시점에
서 볼 때 그가 미국에 간 사실은 과거의 일이다. 그래서 그는
지금 여기에 없다. 이에 비해서 ②번 문장은 그가 지금 여기
에 있다. 그는 과거의 어느 시점에 미국에 갔고, 그 후에 여
기로 돌아와서 지금 여기에 있다면 이렇게 표현할 수밖에 없

다. 이런 구체적인 실익이 없을 때에는 대과거를 쓸 필요가 없다.

• 그는 그때 자기 형이 초청해서 미국에 갔지. 그러나 미국에 적응하지 못하고 곧 돌아오고 말았어. 그가 미국에 간 건 사실이야.

위 문장에서 '갔지'는 '갔었지'와 같은 시제를 나타낸다. 굳이 대과거 형태를 취하지 않아도 됨을 알 수 있다. 특히 화자가 상황 파악을 하면서 이야기하기 때문에 대과거를 써야 할 경우가 그리 많지 않다. 문장에서 오로지 글을 통해서만 상황 파악을 해야 하는 경우에는 아래와 같이 대과거가 필요하게 된다.

• 그때 그도 형을 따라 미국에 갔었어. 한 5년 된 것 같은데. 한국에서 사는 게 더 편하대.

위 표현은 그가 미국에 갔던 때가 5년 전이라는 말이다. 그러나 그는 지금 여기에 있다.

배꽃 강江

김명인

한 해의 배꽃도 가뭇없이 흘러가는 것이라면
지난 봄 그 강가에 나 잠깐 앉았었네
골짜기 비탈밭 늙은 배나무 아래
꽃 맞춰 돗자리 펴고 꽃향기로 화전 부치고
한두 점 꽃잎 띄워 몇 잔 소주도 걸쳤었네
미처 당도하기도 전에 바다를 보아버린 강물처럼
범람하던 배꽃 천지 그 환하던 물살이
꽃 진 뒤에 이어질 꽃의 긴 부재 잊게 했었네
배꽃 분분한 그 강가 넘치듯 웃음 출렁거려서
동무 하나 둘 따라서서 목청껏 노랠 불렀네
꽃 지운 자리마다 노래의 씨 오래오래 여물어갔어도
한동안 나 배꽃 강가로 나가보지 못했었네
홍수 지듯 그 강 봄이면 또 범람할 테지만
올해의 노래 내년의 물길로 거스를 수 없다는 것
며칠만 흘렀다 감쪽같이 사라진 강이
비로소 마음속 아득히 물꼬를 트며 흘러가네
저 신기루의 강가에서 나 배꽃 떨어진 뒤 처음으로
나 다시 떨리는 배꼽의 잔 잡아보네
이 잔 비워내면 마음도 몸도 바닥 드러낼 줄
안다 해도 어느새 주먹보다 굵어진

배꽃의 배꼽 성큼 베어 <u>무네</u>
며칠 동안만 화사하던 배꽃 강가에서
나 배꼽 드러내놓은 채 환하게 <u>웃었네</u>, <u>웃고 있네</u>

이 시에는 대과거, 과거, 현재의 세 가지 시제가 사용되었다. 대과거는 처음부터 서술어에 일관되게 사용되다가 '불렀네'에서 과거 시제로 바뀐 뒤에 다시 '못했었네'에서 대과거로 돌아갔다. 그리고 현재 시제를 쓰다가 마지막에 '웃었네'에서 과거 시제를 쓴 뒤에 '웃고 있네'로 다시 현재 시제로 돌아갔다.

우리는 이 시에서 시인이 시제를 바꿈으로써 달성하려 한 의도를 파악할 필요가 있을 것이다. 대과거는 과거 어느 시점에 하고 끝난 뒤에 그 뒤로는 중단된 일을 표현한다. 과거는 과거 어느 시점에 하고 끝나서 지금은 그 상태로 있는 일을 표현한다.

대과거가 필요한 경우는 과거 시점에서 끝난 일 뒤에 다른 일이 과거 시제로 있을 때 두 시기를 구별하기 위함이다. '잠깐 앉았었네', '소주도 걸쳤었네'의 행위 뒤에 '노래를 불렀음'을 시간적으로 명료하게 해 주는 이점이 있다. 다만, 이 시에서 '나가보지 못했었네'라고 대과거로 다시 돌아간 것은 아쉽다. 그냥 과거 시제를 사용하였다면 시제의 일관성이 유지될 수 있었을 것이다.

그리고 이제 현재 시제로 바꿔 '흘러가네', '잡아보네', '베어

무네'를 씀으로써 이야기를 현장감 있게 전개했다. 마지막에 이제까지의 현재 이야기를 과거로 만들어 '웃었네'라고 했다가 '웃고 있네'를 덧붙인 것은 앞의 현재 시제의 의미를 살리기 위함인 것으로 보인다.

늙음에 대하여

신달자

그를 애타게 기다린 적이 있었다.
스무 살 때는 열손가락 활활 타는 불꽃 때문에
임종에 가까운 그를 기다렸고
내 나이 농익은 삼십대에는
생살을 좍 찢는 고통 때문에
나는 마술처럼 하얗게 늙고 싶었다.

욕망의 잔고는 모두 반납하라
하늘의 벽력같은 명령이 떨어지면
네 네 엎드리며
있는 피는 모조리 짜 주고 싶었다

피의 속성은 뜨거운 것인지
그 캄캄한 세월 속에도

실수로 흘린 내 피는 놀랍도록 붉었었다

나의 정열을 소각하라 전소하라
말끔히 잿가루도 씻어내려라
미루지 마라

나의 항의 나의 절규는
전달이 늦었다
20년 내내 전갈을 보냈으나
이제 겨우 떠났다는 소식이 당도했다

이젠 마음을 바꾸려는
그 즈음에……

이 시에 쓰인 시제는 대부분 과거 시제인데 유독 '붉었었다'
만 대과거를 취했다. 그럴 필요가 있는지 파악해 보았는데
그럴 만한 이유는 보이지 않는다. 그렇다면 이 부분도 과거
시제를 쓰는 것이 좋았을 것이다. 일반적으로 과거 시제로
이야기를 진행하다가 대과거로 시제를 역행하게 하는 것은
바람직하지 않다.

추측, 의지 선어말어미 '-겠-'

미래 시제로 추측 또는 앞으로의 의지를 나타내기 위해서 어말어미 앞에 '-겠-'을 붙인다. 형용사, 자연 현상이나 다른 사람의 행위를 나타내는 동사에 '-겠-'이 붙으면 추측을 나타내고, 자기의 행위에 '-겠-'이 붙으면 그 사람의 의지를 나타낸다. 선어말어미 '-겠-'의 용례를 아래에 소개한다.

- 내일부터 비가 내리겠습니다. (예측)
- 지금쯤 그가 이리 오겠구나. (추측)
- 너는 취직해서 참 좋겠다. (추측)
- 내가 내일 너에게 가겠다. (의지)
- 시험에 합격하면 여행시켜 주겠다. (의지)
- 이것 좀 들어 주겠니? (완곡한 부탁)
- 제가 해도 되겠습니까? (완곡한 의사 표현)
- 그런 일은 나도 하겠다. (능력 표현)
- 별 사람을 다 보겠네. (사실 판단)

잎사귀 질 때

황규관

사랑은, 가지를 떠난
잎사귀 한 장 같을지도 모른다는 생각을 해본다
거처를 버렸으므로
혼돈을 택했으므로
솟구치는 기쁨이여 고독이여
먼 별에까지 미치는 파문이여
당신을 안았을 때
내 심장은 어떤 언어로 이글거렸을까
결국 나락에 눕게 되겠지만
그곳에 이르는 먼 여정이 축복이든 저주이든
내 생(生)은
바람 한 자락에도 나부낄 것 같았다
그러나 당신을 향한 내 폭발은 자꾸 유예시키고 싶었다
잔해 가운데 가장 빛나는 보석은 있겠지만
위험수위 직전의 목마름으로
내 껍데기를 다 태우고 싶었던 것이다
잎사귀 한 장 드디어 저 끝에 다다라도
그 짧았던 시간이 내게는 영원일 것이므로
사랑은, 당신의 배경으로 흐르는
물줄기일지 모른다는 생각을 해본다

고이지 않는 욕망일지 모른다는 생각을 해본다
당신을, 당신을 탐하다가
마음의 벽돌만 산산이 깨지고 나서

이 시는 과거 시제로 쓰였다. 그 가운데에서 미래 시제를 가리키는 선어말어미 '-겠-'이 쓰였다. 그렇다면 그 과거의 시점에 추측한 바를 말한 것이라고 할 수 있다. '결국 나락에 눕게 되겠지만/ 그곳에 이르는 먼 여정이 축복이든 저주이든/ 내 생은/ 바람 한 자락에도 나부낄 것 같았다'와 '잔해 가운데 가장 빛나는 보석은 있겠지만/ 위험수위 직전의 목마름으로/ 내 껍데기를 다 태우고 싶었던 것이다'에서 '-겠-'의 뒤에 있는 어미가 유보적인 뜻을 나타내기 때문에 그런 조건이 실현되지 않은 데 따른 생각의 변화를 표현할 수 있게 되었다.

선어말어미의 순서

몇 개의 선어말어미가 함께 쓰이는 경우가 많은데, 이때 각 선어말어미를 붙이는 순서가 정해져 있다. '-시-', '-었-', '-겠-', '-더-'의 차례로 붙여야 한다. 이 순서를 어기면 문법에 어긋나게 된다. '-시-'는 모든 선어말어미의 앞에 온다. 그리고 어떤 경우에도 '-었-'은 '-겠-'의 앞에 온다. 그리고 '-겠-'은 반드시 '-더-'의 앞에 온다. 아래에 적은 선어말어미의 순서는 절대 바뀌지 않는다.

- 가시었겠더군 (어간+선어말어미 4개+어말어미)
- 얻으시었겠군, 얻으시겠더군, 얻었겠더군 (어간+선어말어미 3개+어말어미)
- 보시었군, 보시겠군, 보시더군 (어간+선어말어미 2개+어말어미)
- 믿었겠군. 믿었더군, 믿겠더군 (어간+선어말어미 2개+어말어미)
- 좋으시구나, 좋겠구나, 좋더구나 (어간+선어말어미 1개+어말어미)

겸양을 나타내는 선어말어미 '-사옵-', '-오-'를 붙인다면 아래와 같은 순서를 취한다.

- 저는 물러가겠사옵나이다. (어간+선어말어미 2개+어말어미)
- 저는 물러가오니 부디 건강하소서. (어간+선어말어미 1개+어말어미)

기다림

조지훈

고운 임 먼 곳에 계시기
내 마음 애련하오나

먼 곳에나마 그리운 이 있어
내 마음 밝아라.

설운 세상에 눈물 많음을
어이 자랑 삼으리.

먼 훗날 그때까지 임 오실 때까지
말없이 웃으며 사오리다.

부질없는 목숨 진흙에 던져
임 오시는 길녘에 피고 져라.

높거신 임의 모습 <u>뵈올</u> 양이면
이내 시든다 설울 리야······

　어두운 밤하늘에
　고운 별아.

'애련하오나', '사오리다', '뵈올'은 각각 '애련하나', '살리다', '뵐'에 겸양을 나타내는 선어말어미 '-오-'가 쓰인 형태이다. 독백하는 어투로서 해라체를 썼지만 임에게는 겸양의 어투를 사용했다.

수록 시 및 출처

이 책에 실린 시는 저작권자에게 직접 또는 저작권을 관리하는 출판사, 한국문학예술저작권협회, 사이저작권에이전시, 남북저작권센터를 통해 동의를 얻어 수록한 것입니다. 일부 연락이 닿지 않은 저작권자는 연락이 닿는 대로 저작권법에 따라 조치하겠습니다.

- 강은교, 〈우리가 물이 되어〉
- 고정희, 〈상한 영혼을 위하여〉
- 권환, 〈목욕탕〉
- 기형도, 〈빈집〉
- 김강호, 〈단풍〉
- 김남조, 〈이런 사람과 사랑하세요〉
- 김동환, 〈북청 물장수〉
- 김명순, 〈바람과 노래〉
- 김상옥, 〈백자부白磁賦〉
- 김상용, 〈향수〉
- 김설하, 〈봄이 오는 소리〉
- 김소월, 〈나의 집〉, 〈님의 노래〉, 〈밤〉, 〈산유화〉, 〈엄마야 누나야〉

- 김수영, 〈밤〉
- 김수향, 〈꿈〉
- 김영랑, 〈모란이 피기까지는〉
- 김용택, 〈들국〉, 〈봄이 그냥 지나요〉
- 김춘수, 〈강우降雨〉, 〈꽃〉
- 김칠선, 〈변방으로 가라!〉
- 김현승, 〈가을의 기도〉
- 나태주, 〈풀꽃〉
- 노천명, 〈내 가슴에 장미를〉
- 문병란, 〈직녀織女에게〉
- 문정희, 〈작은 부엌 노래〉
- 박경리, 〈세상을 만드신 당신께〉
- 박용철, 〈떠나가는 배〉, 〈봄에 부는 바람〉
- 송수권, 〈까치밥〉
- 신경림, 〈파장罷場〉
- 신달자, 〈늙음에 대하여〉, 〈여자의 사막〉
- 신동엽, 〈껍데기는 가라〉, 〈마려운 사람들〉
- 신석정, 〈대숲에 서서〉, 〈슬픈 구도〉, 〈이 밤이 너무나 길지 않습니까?〉, 〈임께서 부르시면〉
- 신석초, 〈바라춤〉
- 심훈, 〈거리의 봄〉, 〈너에게 무엇을 주랴〉, 〈조선은 술을 먹인다〉
- 안도현, 〈너에게 묻는다〉, 〈모닥불〉
- 양주동, 〈산길〉
- 오세철, 〈하늘〉
- 유치환, 〈꽃〉
- 윤동주, 〈병원〉, 〈새로운 길〉, 〈새벽이 올 때까지〉

- 이광수, 〈빛〉
- 이병기, 〈봄 2〉, 〈창〉
- 이육사, 〈광야〉, 〈바다의 마음〉, 〈연보〉, 〈청포도〉, 〈파초〉,
- 이형기, 〈낙화〉, 〈산〉
- 장석주, 〈대추 한 알〉
- 조병화, 〈자유〉
- 조지훈, 〈기다림〉, 〈낙화〉, 〈완화삼玩花杉_목월에게〉
- 최병두, 〈정치〉
- 최봄샘, 〈목련꽃〉
- 최춘자, 〈그대가 보고 싶을 땐〉
- 한숙자, 〈그리움〉
- 한용운, 〈나룻배와 행인〉, 〈나의 꿈〉, 〈당신은〉, 〈당신을 보았습니
   다〉, 〈이별은 미의 창조〉
- 한하운, 〈보리피리〉
- 함석헌, 〈산〉
- 현미정, 〈그리움〉
- 황금찬, 〈촛불〉
- 황석우, 〈그네들의 비밀을 누가 압니까〉

- 김남주, 〈자유〉, 《꽃 속에 피가 흐른다》, 창비
- 김명인, 〈배꽃 강江〉, 《파문》, 문학과지성사
- 김사인, 〈맑은 소리〉, 《가만히 좋아하는》, 창비
- 김사인, 〈코스모스〉, 《가만히 좋아하는》, 창비
- 나희덕, 〈그 복숭아나무 곁으로〉, 《어두워진다는 것》, 창비
- 도종환, 〈만들 수만 있다면〉, 《내가 사랑하는 당신은》, 실천문학사
- 문태준, 〈이제 오느냐〉, 《그늘의 발달》, 문학과지성사

- 이규리, 〈물 이야기〉, 《뒷모습》, 문학동네
- 한혜영, 〈보리수 밑을 그냥 지나치다〉, 《뱀 잡는 여자》, 서정시학
- 황규관, 〈잎사귀 질 때〉, 《물은 제길을 간다》, 갈무리
- 황규관, 〈집을 나간 아내에게〉, 《패배는 나의 힘》, 창비
- 황인숙, 〈조용한 이웃〉, 《자명한 산책》, 문학과지성사

시로 국어 공부 조사·어미편

초판 1쇄 | 2022년 4월 30일
초판 3쇄 | 2023년 3월 7일

지은이 | 남영신
펴낸이 | 정은영
책임편집 | 한미경, 박지혜
마케팅 | 박선정
디자인 | 오필민 디자인

펴낸곳 | 마리북스
출판등록 | 제2019-000292호
주소 | (04037) 서울시 마포구 양화로 59 화승리버스텔 503호

전화 | 02) 336-0729
팩스 | 070) 7610-2870
홈페이지 | www.maribooks.com
Email | mari@maribooks.com
인쇄 | (주) 신우인쇄

ISBN 979-11-89943-79-0 (04800)
          979-11-89943-69-1 (set)